ARTHUR CONAN DOYLE

SHERLOCK HOLMES

ARTHUR CONAN DOYLE

SHERLOCK HOLMES

AS AVENTURAS DE SHERLOCK HOLMES

TRADUÇÃO

SILVIO ANTUNHA

Principis

Dados Internacionais de Catalogação na Publicação (CIP) de acordo com ISBD

D754a Doyle, Arthur Conan, 1859-1930

As aventuras de Sherlock Holmes / Arthur Conan Doyle ; traduzido por Silvio Antunha. - Jandira, SP : Ciranda Cultural, 2019.
208 p. ; 16cm x 23cm. - (Clássicos da Literatura Mundial)

Inclui índice.
ISBN: 978-85-943-1855-8

1. Literatura inglesa. 2. Ficção. I. Antunha, Silvio. II. Título. III. Série.

CDD 823.91
2019-688 CDU 821.111-3

Elaborado por Vagner Rodolfo da Silva - CRB-8/9410

Índice para catálogo sistemático:
1. Literatura inglesa : ficção 823.91
2. Literatura inglesa : ficção 821.111-3

Esta é uma publicação Principis, selo exclusivo da Ciranda Cultural Editora e Distribuidora Ltda.

Produção: Ciranda Cultural
Texto: Sir Arthur Conan Doyle
Tradução: Silvio Antunha
Preparação: Carla Bitelli

1ª Edição
www.cirandacultural.com.br

Sumário

A Aventura da Coroa de Berilos

— Holmes – falei certa manhã quando olhava a rua pela nossa janela saliente –, tem um louco passando na rua. É lamentável que a família o deixe sair sozinho.

O meu amigo se levantou preguiçosamente da poltrona e, com as mãos nos bolsos do roupão, olhou por sobre meu ombro. Era uma manhã luminosa de fevereiro, fria e seca, e a neve do dia anterior ainda cobria o chão reluzindo à luz do sol invernal. No meio do leito carroçável da Baker Street, a nevasca parecia ter sido arada pelo tráfego numa faixa marrom escura, lamacenta, mas ao longo das beiradas das calçadas, nos dois lados da rua, ainda estava amontoada e tão branca como quando caiu. A parte de cimento da pavimentação da calçada havia sido limpa e raspada, mas ainda estava perigosamente escorregadia, por isso havia menos transeuntes que o normal. Na verdade, do sentido da Metropolitan Station, ninguém vinha andando exceto esse único cavalheiro cuja conduta excêntrica chamou a minha atenção.

Era um homem de uns 50 anos de idade, alto, corpulento e imponente, com o rosto firme de traços marcantes e um aspecto autoritário. Estava vestido em estilo sóbrio mas luxuoso, com sobrecasaca preta, chapéu reluzente, polainas marrons e calças de cor cinza pérola muito bem cortadas. Mas suas atitudes contrastavam de maneira absurda com a dignidade de suas roupas e de suas feições, pois ele corria impetuosamente, dando pulinhos de vez em quando, como um homem que se cansa por não estar habituado a exercitar as pernas. Enquanto ele corria, sacudia as mãos para cima e para baixo, agitava a cabeça e retorcia o rosto em caretas horrorosas.

– O que há de errado com esse homem? – perguntei. – Está olhando o número das casas.

– Acho que ele está vindo para cá – disse Holmes, esfregando as mãos.

– Para cá?

– Sim. Acredito que está vindo me consultar profissionalmente, reconheço os sintomas. Ah! Eu não disse? – Enquanto ele falava, o homem chegou ofegante à nossa porta e tocou a campainha com tal força que a casa toda ressoou com o barulho.

Poucos momentos depois, ele estava em nossa sala, ainda ofegante, ainda gesticulando, mas com o olhar tão triste e desesperado que o nosso riso desvaneceu e nos enchemos de horror e compaixão. Por algum tempo ele não conseguiu falar, mas balançava o corpo e puxava os cabelos, como alguém que tivesse sido levado aos mais extremos limites da razão. Então, súbito ficando em pé, ele bateu com a cabeça contra a parede com tanta força que nós dois corremos até ele e o arrastamos para o centro da sala. Sherlock Holmes o empurrou para a poltrona e, sentando ao seu lado, deu-lhe tapinhas nas mãos e conversou com ele no tom de voz calmo e suave que ele sabia tão bem empregar.

– Veio aqui para me contar a sua história, não foi? – disse. – Está muito cansado, por causa da pressa. Por favor, espere se recuperar, então terei o maior prazer de examinar qualquer problema que você tenha para me apresentar.

O homem ficou sentado por um minuto ou mais respirando fundo e procurando conter a emoção. Depois passou o lenço pela testa, comprimiu os lábios e virou o rosto para nós.

– Sem dúvida vocês acham que sou louco – ele disse.

– Vejo que aconteceu algo muito grave – respondeu Holmes.

– Só Deus sabe! É algo capaz de devastar a minha razão de tão inesperado e tão terrível. Talvez eu pudesse encarar a desgraça pública, embora seja um homem de um caráter que jamais foi maculado. A desgraça pessoal também é a sina de cada um de nós. Mas as duas coisas ao mesmo tempo, e de forma tão horrível, é mais que suficiente para me abalar no fundo da alma. Além disso, não sou só eu. Os mais nobres do país também vão sofrer se não encontrarmos uma solução para este terrível problema.

– Por favor, controle-se, senhor – disse Holmes. – Conte-me calmamente quem é e o que aconteceu.

– O meu nome – respondeu o nosso visitante – provavelmente lhe é familiar. Sou Alexander Holder, da casa bancária Holder & Stevenson, da Threadneedle Street.

O nome era de fato muito conhecido e pertencia ao sócio majoritário da segunda maior firma bancária privada da cidade de Londres. O que poderia ter acontecido para deixar um dos mais proeminentes cidadãos da grande metrópole naquele estado lamentável? Aguardamos, tomados pela curiosidade, até que, com grande esforço, ele se abraçou e nos contou sua história.

– Sinto que o tempo é valioso – ele disse – e por isso corri para cá quando o inspetor de polícia sugeriu que eu deveria procurar obter sua cooperação. Vim para a Baker Street pelo metrô e de lá a pé, correndo, pois vi que as carruagens de aluguel andavam muito devagar por causa de toda essa neve. Foi por isso que fiquei tão sem fôlego, pois sou um homem que quase não faz exercício. Estou me sentindo melhor agora e vou lhes apresentar os fatos da forma mais resumida e ainda assim mais clara possível.

"Sabe-se muito bem, é claro, que o sucesso no meio bancário depende tanto da nossa capacidade de encontrar investimentos remunerativos para os nossos fundos quanto do aumento das nossas conexões e o número dos nossos depositantes. Um dos meios mais lucrativos de investir dinheiro é na forma de empréstimos, quando as garantias são inquestionáveis. Temos feito muito nesse campo nos últimos anos e existem muitas famílias nobres a quem temos emprestado grandes somas, usando como garantia seus quadros, bibliotecas ou prataria.

"Ontem pela manhã, eu estava sentado em meu escritório no banco quando um cartão de apresentação me foi entregue por um funcionário. Tive um sobressalto quando vi o nome, pois era... Bem, talvez mesmo para os senhores seja melhor dizer somente que era um nome conhecido no mundo inteiro, um dos nomes mais altos, mais nobres, mais exaltados da Inglaterra. Fiquei assombrado com tanta honra e tentei, quando ele entrou, expressar o que sentia, mas ele começou logo a falar de negócios com o ar de quem quer se livrar rapidamente de uma tarefa desagradável.

"'Senhor Holder', ele disse, 'fui informado de que você tem o costume de emprestar dinheiro.'

"'A firma faz isso quando a garantia é boa', respondi.

"'É absolutamente essencial para mim', ele disse, 'conseguir 50 mil libras de imediato. Poderia, é claro, obter essa soma insignificante com os meus amigos, mas prefiro que seja um negócio e prefiro tratar desse negócio pessoalmente. Na minha posição, o senhor há de compreender que não convém uma pessoa ficar devendo favores a ninguém.'

"'Por quanto tempo, se me permite perguntar, vai precisar desse valor?', perguntei.

"'Na próxima segunda-feira, devo receber uma grande quantia que me é devida e certamente lhe pagarei, então, o que me adiantar agora e mais os juros que acha de direito cobrar. Mas é absolutamente essencial que eu tenha esse dinheiro imediatamente.'

"'Eu teria o maior prazer de lhe adiantar esse valor do meu próprio bolso sem dizer mais nada', acrescentei, 'se não estivesse um pouco acima do meu alcance. Por outro lado, se fizer isso em nome da firma, para ser justo com o meu sócio devo insistir que, mesmo em seu caso, todas as precauções comerciais sejam tomadas.'

"'Prefiro mesmo que seja assim', ele disse, pegando uma caixa quadrada, de couro preto, que deixara ao lado da cadeira. 'Sem dúvida já ouviu falar da Coroa de Berilos?'

"'Um dos bens públicos mais preciosos do Império', observei.

"'Exatamente.' Ele abriu o porta-joias e dentro, engastada em veludo carmesim macio, repousava a magnífica joia a que se referira. 'São 39 berilos enormes', ele disse, 'e o preço do trabalho em ouro é incalculável. A avaliação mais baixa é o dobro do que lhe pedi. Estou pronto para lhe deixar a coroa em garantia.'

"Peguei o precioso porta-joias em minhas mãos e olhei um tanto perplexo da coroa para meu ilustre cliente.

"'Duvida do valor?', ele questionou.

"'De jeito nenhum. Duvido apenas...'

"'Se é apropriado deixá-la aqui? Pode ficar descansado quanto a isso. Eu jamais faria uma coisa dessas se não tivesse certeza de que dentro de quatro dias posso reavê-la. É simplesmente uma questão de tempo. A garantia é suficiente?'

"'Totalmente.'

"'Você compreende, senhor Holder, que estou lhe dando uma grande prova da confiança que tenho no senhor, com base em tudo o que me disseram a seu respeito. Confio em você não só para ser discreto e não dizer uma única palavra a respeito deste negócio como também para cercar essa coroa com todas as precauções possíveis, pois é desnecessário dizer que causaria um enorme escândalo público se alguma coisa acontecesse com ela. Qualquer dano seria tão grave quanto sua perda total, pois não há no mundo inteiro berilos iguais a esses e seria totalmente impossível substituí-los. Vou deixá-la com o senhor, entretanto, com toda a confiança, e virei buscá-la pessoalmente na segunda-feira de manhã.'

"Ao perceber que o meu cliente estava ansioso para ir embora, não falei mais nada. Chamei o caixa e mandei que pagasse a quantia de 50 mil libras em notas de mil. Quando fiquei novamente sozinho, porém, com o precioso porta-joias à minha frente, não pude deixar de pensar com algum receio na imensa responsabilidade que aquilo representava para mim. Não havia dúvidas de que, já que se tratava de um bem nacional, seria um escândalo terrível se uma desventura qualquer acontecesse com a joia. Eu já estava arrependido de ter consentido em ficar com ela. Mas era tarde demais para mudar de ideia, por isso tranquei o porta-joias no meu cofre pessoal e voltei ao trabalho.

"Quando o dia terminou, achei que não seria prudente deixar um objeto tão valioso no escritório. Cofres de banqueiros já haviam sido arrombados no passado, por que não aconteceria o mesmo com o meu? Se isso acontecesse, em que posição terrível eu me encontraria! Decidi, portanto, que nos dias seguintes levaria o porta-joias comigo de um lado para outro, de modo que a coroa nunca ficasse de fato fora do meu alcance. Com essa intenção, chamei uma carruagem de aluguel e fui para a minha casa em Streatham, carregando a joia comigo. Não respirei tranquilo enquanto não a levei para os meus aposentos no andar de cima e a tranquei na cômoda do meu quarto de vestir.

"Agora preciso dizer algo sobre a minha casa, senhor Holmes, pois quero que compreenda bem a situação. O meu camareiro e o meu lacaio dormem fora de casa e podem ser deixados de lado completamente. Tenho três criadas que estão comigo há vários anos e são de absoluta confiança. Outra, Lucy Parr, só trabalha para mim há alguns meses. Ela é muito bonita e tem atraído muitos admiradores, que às vezes ficam rondando a casa. Esse é único defeito que encontrei nela, mas acredito que seja uma boa moça em todos os sentidos.

"E é isso, quanto aos empregados. A minha família, em si, é tão pequena que não levarei muito tempo para descrevê-la. Sou viúvo e tenho um filho único, Arthur. Ele tem sido uma decepção para mim, senhor Holmes, uma grande decepção. Não tenho dúvida de que a culpa é minha. Todos dizem que eu o estraguei. É bem provável que seja verdade. Quando a minha querida esposa faleceu, senti que ele era tudo que me restava para amar. Não suportava ver o sorriso desaparecer de seu rosto nem por um instante. Nunca lhe neguei coisa alguma. Talvez tivesse sido melhor para nós dois se tivesse sido mais rigoroso, mas eu só queria o bem dele.

"Naturalmente, a minha intenção era que ele herdasse o meu negócio, mas ele não tinha inclinação para negócios. Era muito instável, muito amalucado e, para dizer a verdade, eu não podia confiar a ele grandes somas de dinheiro. Ainda muito jovem, ele se tornou sócio de um clube bastante aristocrático onde, com seu modo charmoso, logo ficou íntimo de homens com muito dinheiro e hábitos extravagantes. Aprendeu a jogar cartas com apostas bem altas e a esbanjar em cavalos, até que teve que vir a mim repetidas vezes implorando que adiantasse algum dinheiro de sua mesada para pagar dívidas de jogo. Mais de uma vez ele tentou largar a companhia perigosa dessas pessoas, mas todas as vezes a influência de seu amigo, Sir George Burnwell, bastou para levá-lo de volta.

"E, na verdade, não é de admirar que um homem como Sir George Burnwell tivesse tanta influência sobre ele, pois ele frequentemente o levava à minha casa e percebi que eu mesmo mal podia resistir ao fascínio de sua pessoa. Ele é mais velho do que o Arthur, é um homem vivido, que já esteve em toda parte, já viu de tudo, tem uma conversa brilhante e grande beleza pessoal. No entanto, quando penso nele friamente, longe da magia de sua presença, tenho a certeza, observando seu jeito cínico de falar e a expressão que às vezes vejo em seus olhos, que ele é alguém de quem se deve suspeitar profundamente. É isso o que penso e também minha querida Mary, com sua intuição feminina em relação ao caráter das pessoas.

"Agora só falta descrever a Mary. Ela é minha sobrinha, mas, quando o meu irmão faleceu cinco anos atrás e a deixou sozinha no mundo, eu a adotei e desde então a considero minha filha. É um raio de sol em minha casa. É doce, adorável, bonita, excelente dona de casa e ainda é tão meiga, tranquila e gentil quanto uma mulher pode ser. Ela é o meu braço direito, não sei o que faria sem ela. Só num assunto ela foi contra os meus desejos. Por duas vezes já o meu rapaz a pediu em casamento, pois a ama devotadamente, mas nas duas vezes ela o recusou. Acho que, se existisse alguém que poderia colocá-lo no bom caminho, seria ela, e que o casamento poderia mudar toda a vida dele. Mas, meu Deus, é tarde demais! É tarde demais!

"Agora, senhor Holmes, já conhece as pessoas que moram sob o meu teto e eu posso continuar a minha triste história.

"Quando tomávamos café na sala aquela noite, após o jantar, contei a Arthur e Mary o que havia acontecido comigo e que o valioso tesouro estava naquele momento sob nosso teto, omitindo apenas o nome do meu cliente. Lucy Parr, que trouxe o café, saiu da sala, tenho certeza, mas não posso jurar se a porta estava fechada. Mary e Arthur ficaram muito interessados e quiseram ver a famosa coroa, mas achei melhor não mexer nela.

"'Onde a guardou?', Arthur perguntou.

"'Numa gaveta da minha cômoda.'

"'Bem, espero que não ocorra nenhum roubo em casa hoje à noite', disse Arthur.

"'Está trancada', comentei.

"'Ora, qualquer chave serve para abrir aquela sua cômoda velha. Quando era mais jovem, eu mesmo a abri com a chave do armário do depósito de lenha.'

"Muitas vezes ele dizia coisas inconsequentes assim, de modo que não lhe dei atenção. Mas ele me seguiu até o meu quarto naquela noite, com o rosto muito sério.

"'Olhe aqui, papai', ele disse, cabisbaixo, 'pode me adiantar 200 libras?'

"'Não, não posso!', respondi rispidamente. 'Tenho sido generoso demais com você em matéria de dinheiro.'

"'Você tem sido muito bondoso', ele reconheceu, 'mas preciso desse dinheiro ou nunca mais poderei aparecer no clube.'

"'Mas isso seria ótimo!', exclamei.

"'Sim, mas você não vai querer que eu saia de lá como um homem desonrado', ele retrucou. 'Eu não aguentaria essa desgraça. Tenho que arranjar esse dinheiro de qualquer maneira e, se você não me der, tenho que conseguir de outro jeito.'

"Fiquei muito zangado, pois era a terceira vez que ele me pedia dinheiro no mês.

"'Você não verá nem mais um tostão meu', gritei. Com isso, ele fez um cumprimento de cabeça e saiu do quarto sem dizer mais nada.

"Depois que ele saiu, destranquei a gaveta da cômoda, verifiquei se o meu tesouro estava seguro e tranquei-a novamente. Em seguida, percorri a casa para conferir se tudo estava trancado, um dever que cabe geralmente a Mary, mas que achei melhor eu mesmo fazer nessa noite. Quando descia as escadas, vi Mary no saguão junto à janela, que ela fechou e trancou quando me aproximei.

"'Diga-me uma coisa, papai', ela disse, parecendo, eu achei, um pouco perturbada, 'você deu licença para a Lucy sair hoje à noite?'

"'Claro que não.'

"'Pois ela acaba de entrar pela porta dos fundos. Tenho certeza de que foi só até o portão lateral para ver alguém, mas acho que isso não é muito seguro e não devemos deixar que continue.'

"'Fale com ela de manhã, ou, se preferir, eu mesmo falo. Tem certeza de que está tudo trancado?'

"'Certeza absoluta, papai.'

"Dei-lhe um beijo de boa-noite e fui para meu quarto, adormecendo quase imediatamente.

"Estou tentando lhe contar tudo o que possa se relacionar com o caso, senhor Holmes, mas peço que faça perguntas sobre qualquer coisa que não fique totalmente clara."

– Muito pelo contrário, a sua narrativa é extremamente lúcida.

– Agora vou chegar a uma parte que eu quero que fique especialmente clara. Não tenho o sono pesado e, além disso, a ansiedade que estava sentindo ajudou, sem dúvida, a torná-lo ainda mais leve. Por volta das duas horas da manhã, fui acordado por algum ruído dentro de casa, mas que cessou antes que eu estivesse acordado totalmente. No entanto, tive a impressão de que alguma janela fora fechada discretamente em algum lugar. Fiquei deitado com os ouvidos atentos. De repente, para meu horror, ouvi o som distinto de passos no quarto ao lado. Saí da cama tremendo de medo e olhei pelo canto da porta de meu quarto de vestir.

"'Arthur!', gritei, 'seu vilão! Ladrão! Como ousa tocar nessa coroa?'

"O lampião a gás estava baixo, como eu o deixara, e o meu desgraçado filho, vestindo apenas calça e camisa, estava de pé perto da luz com a coroa nas mãos. Parecia que ele estava torcendo a ponta ou querendo dobrá-la com toda a força. Ao ouvir o meu grito, deixou-a cair e ficou pálido como um morto. Peguei a coroa e examinei-a. Uma ponta de ouro, com três berilos, estava faltando!

"'Seu canalha!', gritei, fora de mim de tanta raiva. 'Você a destruiu! Desonrou-me para sempre! Onde estão as pedras que roubou?'

"Que roubei?", ele questionou.

"'Sim, seu ladrão', berrei, sacudindo-o pelos ombros.

"'Mas não está faltando nenhuma pedra. Não pode estar faltando', ele disse.

"'Estão faltando três, e você sabe onde estão. Será que vou ter de chamá-lo de mentiroso, além de ladrão? Não vi você com meus próprios olhos tentando arrancar mais um pedaço?'

"'Você já me xingou demais', ele disse, 'não vou tolerar mais nada. Não direi nenhuma palavra sobre isso, já que resolveu me insultar. Deixarei sua casa de manhã e vou tentar minha vida sozinho.'

"'Você só sairá nas mãos da polícia!', gritei, louco de desgosto e raiva. 'Vou investigar esse assunto até o fim.'

"'Não vai conseguir arrancar nada de mim', ele disse com uma violência que jamais pensei que houvesse dentro de si. 'Se quer chamar a polícia, então eles que descubram o que puderem.'

"A essa altura, a casa toda estava acordada, pois eu gritara de raiva. Mary foi a primeira a correr ao meu quarto e, quando viu a coroa e a cara de Arthur, compreendeu tudo e, com um grito, caiu desmaiada. Mandei a empregada chamar a polícia e coloquei a investigação imediatamente nas mãos dos oficiais. Quando o inspetor e um policial entraram em casa, Arthur, que estava em pé, sério e com os braços cruzados, perguntou se era minha intenção acusá-lo de roubo. Respondi que não era mais assunto pessoal, pois havia se tornado público, já que a coroa era um bem nacional. Decidi que a lei haveria de cuidar de tudo.

"'Pelo menos', ele pediu, 'não deixe que me prendam imediatamente. Seria para o seu bem, assim como para o meu, se eu pudesse deixar a casa por cinco minutos.'

"'Para que você possa fugir ou esconder o que roubou?', retruquei. Então, ficando consciente da terrível posição em que me encontrava, implorei que ele se lembrasse de que não somente a minha honra como também a honra de alguém muito superior a mim estava em jogo, e que ameaçava causar um escândalo que tumultuaria a nação. Tudo poderia ser evitado se ele me dissesse o que fizera com as três pedras que faltavam.

"'Você também tem que encarar o fato', supliquei, 'de que foi pego em flagrante e nenhuma confissão tornaria a sua culpa mais odiosa. Se fizer essa reparação que está ao seu alcance e nos disser onde estão os berilos, tudo será esquecido e perdoado.'

"'Guarde o seu perdão para quem o pedir', ele respondeu, virando as costas com desdém. Percebi que ele estava endurecido demais para que minhas palavras o influenciassem. Só havia uma coisa a fazer. Chamei o inspetor e mandei prendê-lo. Imediatamente fizeram uma busca, não só nele como em seu quarto e em todos os lugares da casa onde poderia ter escondido as pedras. Mas não encontraram vestígios delas, nem o rapaz abriu a boca, apesar de todas as nossas súplicas e ameaças. Hoje de manhã, ele foi levado a uma cela, e eu, depois de passar por todas as formalidades policiais, vim para cá correndo para implorar que você use toda a sua perícia para esclarecer o assunto. A polícia confessou abertamente que, no momento, não pode fazer nada. Faça todas as despesas que forem necessárias. Já ofereci uma recompensa de mil libras. Meu Deus, o que eu vou fazer! Perdi a minha honra, as minhas pedras e o meu filho, tudo numa noite só. Não sei o que fazer!"

Ele segurou a cabeça com as mãos, balançando o corpo de um lado para o outro, murmurando baixinho como uma criança cujo sofrimento tivesse se tornado insuportável.

Sherlock Holmes ficou sentado em silêncio por alguns minutos, com a testa franzida e o olhar fixo na lareira.

– O senhor recebe muitas visitas? – ele perguntou.

– Nenhuma, a não ser o meu sócio e sua família e ocasionalmente os amigos de Arthur. Sir George Burnwell foi lá várias vezes ultimamente. Ninguém mais, acho.

– Você sai muito socialmente?

– O Arthur sai. Mary e eu ficamos em casa. Nenhum de nós dois gosta muito de sair.

– Isso não é comum numa garota.

– Ela é muito sossegada. Além disso, não é tão garota assim. Já tem 24 anos.

– O que aconteceu, pelo que disse, parece que também a abalou muito.

– Profundamente! Está ainda pior do que eu.

– Nenhum dos dois tem a menor dúvida de que o seu filho é o culpado?

– Como poderíamos, quando eu o vi, com meus próprios olhos, com a coroa nas mãos?

– Não considero isso uma prova conclusiva. O resto da coroa foi danificado de algum modo?

– Sim, ela foi retorcida.

– Não acha, então, que talvez ele estivesse tentando consertá-la?

– Deus o abençoe! Está fazendo o que pode por ele e por mim. Mas é uma tarefa impossível. Em primeiro lugar, o que ele estava fazendo ali? Se a finalidade dele era inocente, por que não disse logo?

– Exatamente. E, se fosse culpado, por que não inventou uma mentira? O silêncio dele, a meu ver, pode indicar tanto uma razão quanto outra. Há vários pontos singulares nesse caso. O que a polícia achou do barulho que o acordou?

– Acharam que poderia ter sido causado por Arthur, fechando a porta de seu quarto.

– Bem improvável! Um homem com intenção de praticar um crime jamais bateria uma porta e acordaria a casa inteira. E o que disseram do desaparecimento dessas pedras preciosas?

– Ainda estão verificando o assoalho e examinando a mobília na esperança de encontrá-las.

– Pensaram em procurar fora da casa?

– Sim, têm demonstrado uma energia extraordinária. O jardim inteiro já foi minuciosamente examinado.

– Bem, meu caro senhor – disse Holmes –, não lhe parece óbvio agora que esse assunto é muito mais complexo do que você ou a polícia imaginaram a princípio? Pareceu-lhe um caso muito simples, mas, para mim, parece extremamente complicado. Considere o que está envolvido na sua teoria. O senhor supõe que o seu filho saiu da cama, foi ao seu quarto, correndo grande risco, abriu a sua cômoda, tirou a coroa, quebrou um pedaço à força, foi para outro lugar, escondeu três das 39 pedras tão bem que ninguém conseguiu achá-las e depois voltou com as outras 36 para o quarto onde se expôs ao gravíssimo risco de ser encontrado. Agora eu lhe pergunto: é válida uma teoria como essa?

– Mas qual outra existe? – perguntou o banqueiro, com um gesto de desespero. – Se os motivos dele eram inocentes, por que não os explica?

– É nossa obrigação descobrirmos isso – respondeu Holmes. – Então, agora, se me permite, senhor Holder, vamos juntos para Streatham, passar uma hora olhando um pouco mais atentamente os detalhes.

O meu amigo insistiu que eu os acompanhasse na expedição, o que estava ansioso por fazer, pois a minha curiosidade e a minha compaixão haviam sido despertadas pela história que tínhamos acabado de ouvir. Confesso que a culpa do filho do banqueiro me parecia tão óbvia quanto ao seu infeliz pai, mas eu tinha tamanha confiança na opinião de Holmes que senti que haveria alguma base para nutrir esperanças enquanto ele não estivesse satisfeito com a explicação dada. Ele quase não disse uma palavra no caminho até o distante subúrbio ao sul da cidade. Permaneceu sentado, com o queixo afundado no peito e o chapéu puxado sobre os olhos, imerso em pensamentos profundos. O nosso cliente parecia ter adquirido novo ânimo com o pequeno vislumbre de esperança que lhe foi apresentado e chegou até a iniciar uma conversa desconexa comigo sobre seus negócios. Uma curta viagem de trem e um percurso a pé mais curto ainda nos levaram a Fairbank, a modesta residência do grande financista.

Fairbank era uma casa quadrada de bom tamanho, de pedras brancas, um pouco afastada da rua. O acesso, da largura de duas carruagens, num gramado revestido de neve, estendia-se pela frente até os dois grandes portões de ferro que barravam a entrada. À direita, havia um agrupamento denso de arbustos que levava a um caminho estreito entre duas sebes, estendendo-se da rua até a porta da cozinha e formando a entrada de serviço. À esquerda, corria a vereda que levava à estrebaria, que não ficava dentro da propriedade. Era uma via pública, embora pouco usada. Holmes nos deixou parados em frente à porta e passeou devagar ao redor da casa, cruzou a frente, ladeou a entrada de serviço e, dando a volta pelo jardim, a vereda que dava para a estrebaria. Demorou tanto que o senhor Holder e eu fomos para a sala de jantar e esperamos junto à lareira até que ele retornasse.

Estávamos sentados em silêncio quando a porta se abriu e uma moça entrou. Ela era de altura acima da média, esbelta, com cabelos e olhos escuros, que pareciam mais escuros ainda em contraste com a pele muito pálida. Acho que nunca tinha visto uma palidez tão mortal num rosto de mulher. Seus lábios também eram descorados, mas os olhos estavam vermelhos de tanto chorar. Quando ela entrou discretamente na sala, senti o impacto de sua dor profunda, muito mais do que com o banqueiro pela manhã, o que era surpreendente, pois era óbvio que ela era uma mulher de caráter forte, com imensa capacidade de autocontrole. Ignorando a minha presença, foi direto ao tio e passou a mão no cabelo dele, num gesto feminino meigo e carinhoso.

– Deu ordens para que Arthur fosse solto, não é, papai? – ela perguntou.

– Não, não, minha filha, temos que levar essa investigação até o fim.

– Mas tenho certeza de que ele é inocente. Você sabe como são os instintos de uma mulher. Sei que ele não fez nada de errado e que você vai se arrepender de ter sido tão implacável.

– Por que ele ficou calado, então, se é inocente?

– Quem sabe? Talvez porque tenha ficado muito zangado por você ter suspeitado dele.

– Como poderia deixar de suspeitar dele se o vi com a coroa nas mãos?

– Ora, mas só a pegou para olhar. Por favor, acredite em mim, eu sei que ele é inocente. Deixe isso de lado, não fale mais nada. É horrível pensar em nosso querido Arthur na prisão!

– Não vou deixar nada de lado até as pedras preciosas serem encontradas. Jamais, Mary! A sua afeição pelo Arthur a está deixando cega quanto às terríveis consequências para mim. Em vez de abafar o assunto, eu trouxe um cavalheiro de Londres para fazer uma investigação mais minuciosa.

– Este cavalheiro? – ela perguntou, virando-se para mim.

– Não, o amigo dele, que quis ficar só e agora está andando pela vereda da estrebaria.

– Pela vereda da estrebaria? – Ela ergueu as sobrancelhas escuras. – O que espera encontrar lá? Ah! Suponho que o tal amigo seja este senhor. Espero que consiga provar aquilo que tenho certeza de que é a verdade, isto é, que o meu primo Arthur é inocente desse crime.

– Concordo inteiramente com a senhora e espero, tanto quanto a senhora, poder prová-lo – disse Holmes, voltando ao capacho para tirar a neve dos sapatos. – Creio que tenho a honra de me dirigir à senhorita Mary Holder. Posso lhe fazer uma ou duas perguntas?

– Certamente, senhor, se for para ajudar a esclarecer esse mistério horroroso.

– Não ouviu nada na noite passada?

– Nada, até o meu tio começar a falar em voz alta. Ouvi isso e desci.

– Você fechou todas as portas e janelas na noite anterior. Trancou todas as janelas?

– Sim.

– Estavam todas trancadas esta manhã?

– Estavam.

– A sua criada tem namorado? Acho que comentou com seu tio, na noite passada, que ela saiu para vê-lo.

– Sim. Foi ela quem nos serviu na sala e que talvez tenha ouvido os comentários do meu tio sobre a coroa.

– Entendo. Está sugerindo que ela podia ter saído para contar ao namorado e que os dois podem ter planejado o roubo.

– Mas de que adiantam todas essas teorias vagas – reclamou o banqueiro com impaciência – quando eu já disse que vi Arthur com a coroa nas mãos?

– Espere um pouco, senhor Holder. Voltaremos a esse ponto. A respeito dessa moça, senhorita Holder. Você a viu voltar pela porta da cozinha, eu presumo?

– Sim. Quando fui verificar se a porta estava trancada, encontrei-a entrando sorrateiramente. Também vi o homem, na escuridão.

– A senhora o conhece?

– Ah, sim. É o rapaz que traz as nossas verduras. O nome dele é Francis Prosper.

– Ele estava – disse Holmes – à esquerda da porta, isto é, tinha ido mais longe no caminho do que era necessário para alcançar a porta?

– Sim.

– É um homem que tem uma perna de pau?

Algo parecido com o medo invadiu os expressivos olhos escuros da moça.

– O senhor deve ser um bruxo – ela disse. – Como sabe disso? – Ela sorriu, mas o rosto magro de Holmes continuou completamente sério.

– Agora, eu gostaria muito de ir lá em cima – ele pediu. – Provavelmente vou querer examinar o lado de fora da casa de novo. Talvez seja melhor eu dar uma olhada nas janelas daqui de baixo antes de subir.

Ele foi rapidamente de uma a outra, parando apenas na janela grande que dava do saguão para a vereda da estrebaria, a qual abriu e examinou cuidadosamente o peitoril com sua poderosa lupa.

– Agora vamos subir – ele disse.

O quarto de vestir do banqueiro era mobiliado com simplicidade. Tinha um tapete cinza, uma grande cômoda e um espelho comprido. Holmes foi primeiro até a cômoda e examinou a fechadura.

– Qual foi a chave usada para abri-la? – ele perguntou.

– Aquela que o meu filho mesmo indicou, a que serve no armário de depósito de lenha.

– E onde está essa chave?

– É essa que está aí em cima da penteadeira.

Sherlock Holmes pegou a chave e abriu a cômoda.

– É uma fechadura silenciosa – ele disse. – Não é de admirar que não o tenha acordado. Esse porta-joias, presumo, contém a coroa. Vamos dar uma olhada.

Ele abriu o porta-joias, tirou a coroa e colocou-a sobre a mesa. Era uma amostra magnífica da arte da joalheria, e as 36 pedras eram as mais finas que eu já vi. Em um dos lados da coroa havia uma borda quebrada, de onde uma ponta que segurava três pedras preciosas havia sido arrancada.

– Bem, senhor Holder – disse Holmes –, esta ponta aqui corresponde àquela que foi infelizmente perdida. Peço-lhe que tente quebrá-la.

O banqueiro recuou horrorizado.

– Nem sonharia tentar fazer isso – ele disse.

– Então eu mesmo tento.

Holmes exerceu pressão máxima sobre a ponta, mas sem resultado.

– Senti que a ponta cedia um pouco – ele disse –, mas, embora eu tenha uma força excepcional nos dedos, levaria um tempo enorme para quebrá-la. Um homem comum não conseguiria. E então, o que acha que aconteceria caso conseguisse quebrar essa coisa, senhor Holder? Faria o barulho de um estouro, como um tiro de pistola. Vai me dizer que tudo aconteceu a poucos passos da sua cama e que o senhor não escutou nada?

– Não sei o que pensar. Está tudo muito obscuro para mim.

– Mas talvez fique mais claro à medida que prosseguirmos. O que acha, senhorita Holder?

– Confesso que estou tão perplexa quanto o meu tio.

– O seu filho não usava sapatos ou chinelos quando o viu?

– Não usava nada, a não ser a calça e a camisa.

– Obrigado. Na verdade, fomos favorecidos com uma sorte extraordinária nesta investigação, e será inteiramente nossa culpa se não conseguirmos elucidar o mistério. Com a sua permissão, senhor Holder, continuarei minhas investigações lá fora.

Ele saiu sozinho, como pediu, pois explicou que pegadas desnecessárias tornariam sua tarefa mais difícil. Trabalhou por uma hora ou mais, voltando por fim com os pés carregados de neve e o rosto enigmático como sempre.

– Acho que já vi tudo que há para ver, senhor Holder – ele disse. – Posso servi-lo melhor voltando aos meus aposentos.

– Mas e as pedras preciosas, senhor Holmes, onde estão?

– Não posso dizer.

O banqueiro torceu as mãos.

– Nunca mais as verei! – exclamou. – E o meu filho? O senhor me dá alguma esperança?

– A minha opinião em nada se modificou.

– Então, pelo amor de Deus, o que foi esse drama sombrio que aconteceu na minha casa ontem à noite?

– Se o senhor puder me encontrar na Baker Street amanhã de manhã, entre nove e dez horas, terei o prazer de fazer o possível para esclarecer tudo. Entendo que me deu carta branca para agir pelo senhor, desde que recupere as pedras preciosas, e que não há limite para o valor que eu tiver que gastar.

– Daria toda minha a fortuna para reaver as pedras.

– Muito bem. Estudarei o assunto de agora até lá. Adeus. É possível que eu tenha de voltar aqui antes de anoitecer.

Para mim, era evidente que o meu companheiro já chegara a uma conclusão a respeito do caso, embora eu não tivesse a menor ideia de qual seria. Várias vezes na viagem de volta para casa tentei sondá-lo sobre esse ponto, mas ele sempre desviou a conversa para outro assunto, até que desisti. Ainda não eram três horas da tarde quando nos encontramos novamente em nossa sala. Ele foi depressa para o quarto e desceu depois de alguns minutos vestido como um vagabundo qualquer. Usando um casaco puído e lustroso com a gola levantada, uma echarpe vermelha suja e botas gastas, ele era um perfeito espécime da classe.

– Acho que estou convincente – ele disse, olhando-se no espelho acima da lareira. – Eu até gostaria que você viesse comigo, Watson, mas receio que não dê certo. Pode ser que eu esteja na pista certa ou pode ser que esteja perseguindo um fantasma, em breve saberei qual dos dois. Espero estar de volta dentro de poucas horas.

Cortou uma fatia de carne do pernil que estava em cima do aparador, colocou-a entre duas fatias de pão e, enfiando essa rústica refeição no bolso, partiu em sua expedição.

Eu tinha terminado de tomar o meu chá quando ele voltou, evidentemente de ótimo humor, balançando na mão uma velha bota com elástico dos lados. Atirou-a num canto e serviu-se de chá.

– Só dei uma passada rápida – ele disse. – Vou sair de novo agora mesmo.

– Aonde vai?

– Oh! Ao outro lado da West End. Pode ser que eu demore bastante antes de voltar. Não espere por mim, se eu chegar muito tarde.

– Como vão as coisas?

– Ora, mais ou menos. Não tenho do que me queixar. Fui até Streatham, mas não falei com ninguém na casa. É um probleminha muito interessante, daqueles que eu pagaria para resolver. Mas não posso ficar aqui conversando, tenho que trocar estas roupas humilhantes e voltar a ser um homem respeitável.

Pude ver pelo seu jeito que ele tinha fortes razões para estar satisfeito, bem mais do que suas palavras deixavam transparecer. Seus olhos brilhavam e havia até um pouco de cor em suas faces pálidas. Ele subiu a escada apressado para se trocar. Pouco depois, ouvi a porta da rua bater, o que queria dizer que ele havia saído e estava novamente em campo para sua caçada pessoal.

Esperei até meia-noite, mas não havia nenhum sinal dele, então me recolhi ao meu quarto. Era comum ele ficar fora de casa dias e noites a fio quando seguia uma pista, e essa demora em nada me espantou. Não sei a que horas ele voltou, mas, quando desci para o café da manhã no dia seguinte, lá estava ele com uma xícara de café em uma das mãos e o jornal na outra, com o mesmo ar descansado e bem-arrumado de sempre.

– Vai me perdoar por ter começado sem você, Watson – ele disse –, mas deve se lembrar de que o nosso cliente tem hora marcada hoje cedo.

– Ora, já passa das nove – respondi. – Acho que é ele quem está chegando. Ouvi a campainha.

Era, realmente, o nosso amigo financista. Fiquei chocado com a transformação que se operara nele, pois seu rosto, normalmente largo e firme, agora estava emagrecido e murcho, e os cabelos pareciam bem mais brancos. Ele entrou com uma letargia e um cansaço ainda mais penosos do que a violência do dia anterior e desabou na poltrona que lhe indiquei.

– Não sei o que fiz para ser tão duramente castigado assim – ele disse. – Há apenas dois dias eu era um homem feliz e próspero, sem nenhuma preocupação no mundo. Agora enfrento uma velhice solitária e desonrada, sofrendo com um desgosto atrás do outro. A minha sobrinha Mary me abandonou.

– Abandonou-o?

– Sim. A cama dela esta manhã não havia sido ocupada, seu quarto estava vazio e havia um bilhete para mim na mesa do saguão. Eu disse a ela ontem à noite, com pesar, sem mágoa nenhuma, que, se ela tivesse se casado com o meu rapaz, talvez tudo tivesse sido diferente. Talvez eu tenha sido imprudente ao dizer isso. É a isso que ela se refere nesse bilhete:

> *Meu querido tio:*
>
> *Sinto que fui eu quem lhe trouxe esses problemas e que, se tivesse agido de maneira diferente, essa desgraça não teria acontecido. Não posso, com essa ideia na mente, nunca mais ser feliz debaixo de seu teto e sinto que devo deixá-lo para sempre. Não se preocupe com o meu futuro, pois está garantido.*
>
> *Mas, acima de tudo, não me procure, pois de nada adiantará e não será bom para mim. Na vida e na morte, serei sempre a sua querida,*
>
> *Mary.*

– O que ela quer dizer com esse bilhete, senhor Holmes? Acha que indica suicídio?

– Não, não, nada disso. Talvez seja a melhor solução. Acho, senhor Holder, que você está chegando ao fim de suas tribulações.

– Ah! O senhor está dizendo isso! Sabe de alguma coisa, senhor Holmes, descobriu alguma coisa! Onde estão as pedras preciosas?

– Não considera mil libras cada uma um preço excessivo?

– Pagaria até dez.

– Isso não será necessário. Três mil libras bastam. E há uma pequena recompensa, acredito. Trouxe o seu talão de cheques? Aqui está uma caneta de pena. É melhor fazer um cheque de quatro mil libras.

Atordoado, o banqueiro preencheu o cheque. Holmes foi até a escrivaninha, tirou um pedaço triangular de ouro incrustado com três pedras preciosas e jogou-o sobre a mesa.

Com um grito de alegria, o nosso cliente agarrou o objeto.

– O senhor conseguiu! – ele balbuciou. – Estou salvo! Estou salvo!

A reação de alegria foi tão violenta quanto sua dor havia sido, e ele apertava as pedras contra o peito.

– Tem mais uma coisa que o senhor está devendo, senhor Holder – disse Sherlock Holmes, muito sério.

– Estou devendo? – Ele pegou a caneta de pena. – Diga qual o valor que eu pagarei.

– Não, a dívida não é para comigo. O senhor deve um pedido de desculpas, com toda humildade, àquele nobre rapaz, o seu filho, que se comportou nesse episódio como eu me orgulharia do meu próprio filho se ele assim o fizesse, caso tivesse um.

– Então não foi o Arthur quem roubou as pedras preciosas?

– Eu lhe disse ontem e repito hoje que não foi ele.

– Você tem certeza! Então vamos nos apressar para ter com ele, para lhe dizer de uma vez que a verdade é conhecida.

– Ele já sabe. Quando esclareci tudo, tivemos um encontro e, vendo que ele não me contaria a história, então eu a contei a ele. Sendo assim, confessou que eu estava com a razão e acrescentou alguns poucos detalhes que ainda não estavam bem claros para mim. As novidades desta manhã, porém, talvez o façam falar.

– Pelo amor de Deus, conte-me então que mistério extraordinário é esse!

– Vou fazer isso e vou lhe mostrar os passos que dei para chegar a essa conclusão. Mas, em primeiro lugar, deixe-me dizer o que é mais difícil de falar e o que é mais difícil para o senhor ouvir. Houve uma armação combinada entre a sua sobrinha, Mary, e Sir George Burnwell. Eles fugiram juntos.

– A minha Mary? Impossível!

– Infelizmente, é mais do que possível, é uma certeza. Nem o senhor, nem seu filho conheciam o verdadeiro caráter desse homem quando o admitiram em seu círculo familiar. É um dos homens mais perigosos da Inglaterra, um jogador arruinado, um vilão desesperado completamente, um homem sem coração nem consciência. A sua sobrinha não sabia nada de homens assim. Quando ele soprou suas juras de amor, como fizera com centenas de outras antes, a moça ficou convencida de que somente ela tocara seu coração. Só o demônio sabe o que ele lhe disse, mas no fim ela se tornou um instrumento nas mãos dele e tinha o costume de vê-lo quase todas as noites.

– Não posso, não vou acreditar nisso! – exclamou o banqueiro, de rosto lívido.

– Vou lhe contar o que aconteceu em sua casa naquela noite. A sua sobrinha, quando viu que o senhor foi para o quarto, desceu sorrateiramente e conversou com o amante pela janela que dá para o caminho da estrebaria. Ele ficou tanto tempo ali que seus pés comprimiram a neve, deixando marcas. Ela contou-lhe sobre a coroa. Então a ganância dele pelo ouro foi despertada com a novidade, e ele a convenceu a se curvar aos seus desejos. Não tenho dúvida alguma de que ela amava o senhor, mas existem mulheres em que o amor de um amante destrói todos os outros amores, e acho que ela deve ser uma dessas. Mal acabou de receber as instruções quando viu o senhor descer as escadas. Então ela fechou a janela depressa e lhe contou da escapulida da criada e de seu namorado da perna de pau, o que de fato era verdade.

"O seu filho, Arthur, foi para a cama depois do encontro com o senhor, mas não conseguiu dormir por causa da preocupação com a dívida do clube. No meio da noite, ele escutou passos leves passando diante da porta de seu quarto, então levantou e, ao olhar para fora, ficou surpreso de ver sua prima caminhando pelo corredor até desaparecer no seu quarto de vestir. Completamente atônito, o rapaz enfiou umas roupas e esperou no escuro para ver o que aconteceria. Pouco depois ela saiu do quarto e, à luz da lamparina do corredor, o seu filho viu que levava a preciosa coroa nas mãos. Ela desceu as escadas e ele, tremendo de horror, correu e se escondeu atrás da cortina perto da sua porta, de onde podia ver o que se passava no saguão embaixo. Viu-a abrir a janela sorrateiramente, entregar a coroa a alguém na escuridão e fechá-la de novo, correndo de volta para o quarto e passando bem perto de onde ele se escondia.

“Enquanto ela estava em cena, ele não podia agir sem expor terrivelmente a mulher que amava. Porém, no momento em que ela desapareceu no quarto, ele compreendeu o que isso significaria para o senhor e como seria importante consertar a situação. Correu pelas escadas, do jeito como estava, descalço, abriu a janela, pulou na neve e correu pelo caminho, onde conseguiu ver um vulto escuro ao luar. Sir George Burnwell tentou fugir, mas Arthur o pegou e houve uma briga entre os dois, com o seu filho puxando a coroa de um lado e o adversário, do outro. Na confusão, o seu filho bateu em Sir George e o feriu no olho. De repente, alguma coisa arrebentou, e seu filho, vendo que estava com a coroa nas mãos, voltou correndo, fechou a janela e subiu ao seu quarto. Acabara de notar que a coroa estava retorcida e procurava consertá-la quando o senhor entrou em cena.”

– Será possível? – balbuciou o banqueiro.

– Então o senhor o insultou no momento em que ele achava que merecia o seu mais profundo agradecimento. Não podia explicar a verdade dos fatos sem trair a quem certamente não merecia a menor consideração. Tomou o ponto de vista mais cavalheiresco, entretanto, e guardou o segredo dela.

– E foi por isso que ela gritou e desmaiou quando viu a coroa – exclamou o senhor Holder. – Oh, meu Deus! Como fui cego e idiota! E ele me pedindo para sair por cinco minutos! O meu pobre rapaz queria ver se o pedaço que faltava estava no local da briga. Como fui cruel ao julgá-lo mal!

– Quando cheguei à sua casa – Holmes continuou –, logo fui examinar cuidadosamente em volta para ver se havia alguma pista na neve que pudesse me ajudar. Eu sabia que não caíra mais neve desde a noite anterior e também que houvera geada e a neve congelara, preservando qualquer impressão. Segui a entrada de serviço, mas esta estava pisada e repisada, e as pegadas eram indistintas. Logo além, no entanto, do outro lado da porta da cozinha, uma mulher estivera falando com um homem e uma marca redonda de um lado mostrava que ele tinha uma perna de pau. Pude até ver que a conversa deles tinha sido interrompida, pois a mulher correra de volta para a porta, como provavam as impressões profundas da ponta dos pés e muito leves no calcanhar, enquanto o perneta esperou um pouco e depois fora embora. Na hora, pensei que poderia se tratar da empregada e seu namorado, de quem o senhor já me falara, e isso foi confirmado posteriormente. Passei pelo jardim sem ver nada além de pegadas sem direção precisa, que julguei serem da polícia, mas, quando cheguei ao caminho da estrebaria, encontrei a longa e complexa história escrita na neve diante de mim.

"Havia uma linha dupla das pegadas de um homem de botas e uma segunda linha dupla que vi com satisfação pertencerem a um homem descalço. Imediatamente me convenci, pelo que o senhor me disse, que essa última linha era de seu filho. O primeiro andou nas duas direções, mas o outro correu rápido e, como em certos lugares suas pegadas estavam em cima das depressões causadas pelas botas, era evidente que fora atrás do outro. Continuei seguindo as marcas e descobri que levavam à janela do saguão, onde o senhor Botas havia amassado toda a neve enquanto esperava. Fui, então, para o outro extremo, que ficava a uns noventa metros ou mais. Vi onde o senhor Botas deu meia-volta, onde a neve estava toda pisada e amassada, como se tivesse ocorrido uma luta, e, finalmente, onde algumas gotas de sangue haviam caído, para provar que eu não estava enganado. Então, o senhor Botas correu pelo caminho, e outras pequenas manchas de sangue mostravam que era ele quem estava machucado. Quando alcançou a estrada na outra extremidade, vi que a neve já havia sido retirada e era o fim dessa pista.

"Ao entrar na casa, entretanto, examinei, como você deve se lembrar, o peitoril da janela do saguão com a lupa e logo pude ver que alguém havia saído por ali. Consegui distinguir o esboço de dedos e o calcanhar onde um pé molhado se apoiou ao entrar. Estava, então, começando a formar uma imagem do que havia acontecido. Um homem esperava do lado de fora da janela, alguém lhe trouxe a joia, esse ato foi visto pelo seu filho, que o perseguiu, lutou com ele, ambos puxaram a coroa e a combinação de seus esforços causou danos que nenhum dos dois sozinho poderia causar. O seu filho voltou com a joia, mas deixou um pedaço nas mãos do adversário. Até aí, estava tudo claro. A questão agora era saber quem era o homem e quem lhe dera a coroa.

"É uma velha máxima minha que, quando se exclui o impossível, o que resta, não importa quão improvável seja, deve ser a verdade. Eu sabia que não foi o senhor quem trouxera a coroa, então só restavam a sua sobrinha ou as criadas. Contudo, se fossem as criadas, por que o seu filho se deixaria acusar no lugar delas? Não haveria nenhuma razão. Mas ele amava a prima e, portanto, havia uma excelente razão para guardar segredo, especialmente por se tratar de um segredo vergonhoso.

Quando me lembrei de que o senhor a viu perto daquela janela e que ela desmaiou ao ver a coroa novamente, a minha suposição tornou-se uma certeza.

"Quem poderia ser seu cúmplice? Um namorado, evidentemente, pois quem mais poderia anular o amor e a gratidão que ela sentia pelo senhor? Eu sabia que vocês saíam pouco, que o seu círculo de amizades era muito limitado. Porém, Sir George Burnwell fazia parte desse círculo. Eu já ouvira falar dele como um homem de péssima reputação no que diz respeito às mulheres. Deveria ter sido ele quem usava aquelas botas e quem ficou com as pedras preciosas. Mesmo sabendo que Arthur o tinha desmascarado, ele devia estar convencido de que estava seguro, pois o rapaz não podia dizer uma palavra sem comprometer sua própria família.

"O seu bom senso lhe dirá o que fiz em seguida. Disfarcei--me de vagabundo, fui até a casa de Sir George, consegui fazer amizade com seu criado de quarto, soube que seu patrão havia sofrido um corte no rosto na noite anterior e finalmente confirmei tudo comprando, por seis xelins, um par de sapatos velhos dele. Com esses sapatos na mão, fui até Streatham e verifiquei que se encaixavam exatamente nas pegadas.

– Encontrei um vagabundo malvestido no caminho ontem à noite – comentou o senhor Holder.

– Isso mesmo, era eu. Percebi que havia descoberto o meu culpado, vim para casa e troquei de roupa. O papel que eu teria de desempenhar, então, era bastante delicado, pois sabia que qualquer processo precisava ser evitado para impedir o escândalo e que um vilão tão astuto logo entenderia que estávamos de mãos atadas. Fui vê-lo. A princípio, naturalmente, ele negou tudo. Mas, quando lhe contei em detalhes tudo que havia acontecido, tentou me ameaçar e pegou uma arma pendurada na parede. Porém, eu conhecia o meu culpado, e encostei uma pistola em sua cabeça antes que ele pudesse me atingir. Com isso ele se tornou um pouco mais razoável. Disse-lhe que pagaríamos um valor adequado pelas pedras preciosas que estavam em seu poder, mil libras cada uma. Isso provocou sua primeira reação de arrependimento até então. "Mas que diabos!", ele disse, "vendi as três por 600 libras." Consegui obter o endereço do comprador, com a promessa de que ele não seria processado. Imediatamente procurei o outro e, depois de muito barganhar, consegui as pedras por mil libras cada. Em seguida, fui ver o seu filho e disse-lhe que estava tudo bem. Por fim, fui para a cama por volta das duas horas da madrugada, depois do que posso chamar de um dia de trabalho realmente pesado.

– Um dia que salvou a Inglaterra de um grande escândalo público – disse o banqueiro, levantando-se. – Senhor Holmes, não consigo encontrar palavras para lhe agradecer, mas você não deve me considerar ingrato pelo que fez. A sua perícia realmente excedeu tudo o que já ouvi falar. E, agora, vou voando ver o meu querido filho, para me desculpar pelo erro que cometi. Quanto ao que me disse sobre a pobre Mary, estou desolado. Nem mesmo a sua perícia pode me dizer onde ela se encontra nesse momento.

– Acho que podemos dizer – retorquiu Holmes – que seguramente ela está onde quer que Sir George Burnwell esteja. Também é igualmente certo que, quaisquer que sejam os pecados dela, em breve o casal receberá uma punição mais do que merecida.

A Aventura da Faixa Malhada

Ao rever as minhas anotações dos 70 casos estranhos nos quais durante os últimos oito anos estudei os métodos do meu amigo Sherlock Holmes, descobri que muitos foram trágicos, alguns cômicos, a maioria meramente curiosos, mas nenhum banal, pois, trabalhando daquele modo, mais por amor à arte que ao dinheiro, ele não aceitava se associar a nenhuma investigação que não levasse a algo inusitado e até mesmo fantástico. De todos esses variados casos, porém, não me lembro de nenhum que apresentasse características mais singulares do que o relacionado com os Roylott de Stoke Moran, uma família muito conhecida de Surrey. Os acontecimentos em questão ocorreram no início de minha ligação com Holmes, quando morávamos juntos, quando solteiros, na Baker Street. Eu poderia ter relatado esse caso antes, mas uma promessa de segredo foi feita na ocasião, da qual só fui liberado no mês passado, pela morte súbita da senhora a quem a palavra foi dada. Talvez seja bom que os fatos venham à luz agora, pois tenho razões para saber que existem boatos generalizados relacionados à morte do doutor

Grimesby Roylott que tendem a tornar o assunto ainda mais terrível do que a verdade.

Foi no início do mês de abril do ano de 1883 que acordei certa manhã e encontrei Sherlock Holmes em pé, já completamente vestido, ao lado de minha cama. Em geral, ele costumava levantar mais tarde e, como o relógio que ficava em cima da moldura da lareira marcava apenas sete e quinze, pisquei os olhos, surpreso e talvez um pouco ressentido, pois eu era muito sistemático em meus hábitos.

– Sinto muito por acordá-lo, Watson – ele disse –, mas é o que está acontecendo com todo mundo nesta manhã. A senhora Hudson foi acordada, ela fez o mesmo comigo e agora eu fiz com você.

– O que foi? Um incêndio?

– Não, uma cliente. Parece que chegou uma jovem em estado de grande agitação, que insiste em me ver. Neste exato momento, ela está esperando na sala. Ora, quando moças de família saem andando pela metrópole a esta hora da manhã e tiram as pessoas sonolentas da cama, presumo que tenham algo muito importante a comunicar. Se for um caso interessante, tenho certeza de que você gostaria de acompanhá-lo desde o início. De qualquer maneira, achei que devia chamá-lo para lhe dar essa oportunidade.

– Meu caro amigo, eu não perderia por nada nesse mundo.

O meu maior prazer era seguir Holmes em suas investigações e admirar as deduções rápidas, tão instantâneas quanto intuições, mas sempre ancoradas em base lógica, com as quais ele desvendava os mistérios que lhe eram trazidos. Vesti-me depressa e em poucos minutos estava pronto para acompanhar o meu amigo à sala. Uma senhora vestida de preto, inteiramente coberta por um véu espesso e que estava sentada perto da janela levantou-se quando entramos.

– Bom dia, senhora – disse Holmes amistosamente. – O meu nome é Sherlock Holmes. Este é o doutor Watson, meu sócio e amigo íntimo, perante o qual você pode falar com tanta franqueza como a mim. Ah! Ainda bem que a senhora Hudson teve o bom senso de acender a lareira. Por favor, aproxime-se do calor. Vou pedir uma xícara de café bem quente, pois observo que a senhora está tremendo.

– Não estou tremendo de frio – disse a moça em voz baixa, mudando de cadeira, como Holmes pediu.

– Do que está tremendo, então?

– É de medo, senhor Holmes. De pavor.

Ela ergueu o véu enquanto falava e pudemos ver que de fato se encontrava em lastimável estado de agitação, com o rosto empalidecido, os olhos irrequietos e amedrontados, como um animal acuado. As feições e a aparência dela eram de uma mulher de uns 30 anos, mas com cabelos prematuramente grisalhos e expressão cansada e tristonha. Sherlock Holmes examinou-a com um de seus olhares rápidos e abrangentes.

– Não tenha medo – ele disse, procurando acalmá-la, inclinando-se para a frente e afagando-lhe o braço. – Vamos resolver o problema logo, seja lá o que for. Vejo que você veio de trem.

– O senhor me conhece?

– Não, mas notei a passagem de volta na palma da sua luva esquerda. Você deve ter saído muito cedo e andou muito tempo numa carruagem aberta, por estradas de terra, antes de chegar à estação.

A moça teve um sobressalto e olhou surpresa para o meu companheiro.

– Não há mistério nenhum nisso, senhora – ele disse sorrindo. – A manga esquerda de sua jaqueta está salpicada de lama em nada menos que sete lugares. As manchas ainda estão muito frescas. Nenhum outro veículo exceto uma carruagem aberta jogaria lama desse jeito e, ainda assim, só quando a pessoa está sentada à esquerda do cocheiro.

– Seja lá qual for o seu raciocínio, o senhor tem toda razão – ela respondeu. – Saí de casa antes das seis horas, cheguei a Leatherhead às seis e vinte e peguei o primeiro trem para Waterloo. Senhor Holmes, não aguento nem mais um minuto de tanta ansiedade, ficarei louca se isso continuar. Não tenho a quem recorrer, ninguém que se importe comigo, exceto uma pessoa; mas, trata-se de um pobre coitado, que não pode me ajudar. Ouvi falar de você, senhor Holmes, pela senhora Farintosh, a quem o senhor ajudou quando ela mais precisava. Foi ela quem me deu o seu endereço. Oh, senhor Holmes, não acha que pode me ajudar também e ao menos jogar alguma luz sobre a profunda escuridão que me cerca? No momento não tenho condições de remunerá-lo pelos seus serviços, mas em um mês ou em seis semanas devo assumir o controle da minha própria renda e então o senhor verá que não sou ingrata.

Holmes virou-se para a escrivaninha e, abrindo uma gaveta, tirou uma pequena caderneta, que consultou.

– Farintosh... – disse. – Ah! Sim, lembro-me do caso. Tratava-se de uma tiara de opalas. Acho que foi antes de seu tempo, Watson. Tudo o que posso dizer, minha senhora, é que darei tanta atenção ao seu caso quanto dei ao da sua amiga.

Quanto à remuneração, a minha profissão é a própria recompensa, mas a senhora poderá me reembolsar quaisquer despesas que eu tenha, quando lhe for conveniente. E agora, por favor, conte-nos tudo o que nos possa ajudar a formar uma opinião sobre o assunto.

– Pobre de mim! – respondeu a visitante. – O verdadeiro horror da minha situação reside no fato dos meus temores serem tão vagos e das minhas suspeitas dependerem totalmente de detalhes mínimos, que podem parecer banais para qualquer outra pessoa. Inclusive o homem, acima de todos os outros, a quem tenho o direito de pedir auxílio e aconselhamento, considera tudo o que lhe digo meras fantasias de uma mulher nervosa. Ele não diz isso, mas percebo pelas respostas vagas que me dá e porque evita me encarar. Mas ouvi dizer, senhor Holmes, que você tem olhos que podem penetrar profundamente na imensa maldade do coração humano. O senhor pode me dar conselhos de como andar em meio aos perigos que me rodeiam.

– Estou prestando a máxima atenção, minha senhora.

– O meu nome é Helen Stoner e moro com meu padrasto, que é o último sobrevivente de uma das famílias mais antigas da Inglaterra, os Roylott de Stoke Moran, na fronteira ocidental de Surrey.

Holmes acenou com a cabeça.

– Esse nome é familiar para mim – ele comentou.

– Antigamente, a família era uma das mais ricas da Inglaterra e seus domínios se estendiam além das fronteiras de Berkshire no norte e Hampshire no oeste. Mas, no século passado, quatro herdeiros sucessivos foram de personalidades dissolutas e perdulárias e a ruína total da família foi finalmente concluída por um jogador na época da Regência. Não sobrou nada, exceto uns poucos acres de terra e a casa de 200 anos, esmagada por uma hipoteca enorme. O último latifundiário arrastou sua existência por lá, levando a vida degradante de um aristocrata indigente. Mas o único filho dele, o meu padrasto, vendo que precisaria se adaptar às novas condições, obteve um empréstimo de um parente, que o permitiu se formar médico e ir para Calcutá, onde, pela sua capacidade profissional e pela força de seu caráter, estabeleceu uma grande clínica. Num acesso de raiva, porém, ele surrou até a morte o nativo que lhe servia de mordomo e escapou por pouco de ser condenado à pena capital. De qualquer forma, ficou muito tempo preso e depois, quando voltou à Inglaterra, era um homem rabugento e amargurado.

"Quando o doutor Roylott estava na Índia, ele se casou com minha mãe, a senhora Stoner, jovem viúva do general de divisão Stoner, da Artilharia Bengali. A minha irmã Júlia e eu éramos gêmeas e tínhamos apenas dois anos quando minha mãe se casou de novo. Ela possuía uma soma considerável em dinheiro, pelo menos mil libras por ano, que transferiu integralmente ao doutor Roylott enquanto residíssemos com ele, com a ressalva de que um certo valor por ano fosse dado a cada uma de nós na eventualidade de nos casarmos. Pouco após voltarmos à Inglaterra, a minha mãe faleceu. Ela morreu há oito anos, num acidente na ferrovia perto de Crewe. Então, o doutor Roylott desistiu da tentativa de clinicar em Londres e levou-nos para morar com ele na velha mansão ancestral em Stoke Moran. O dinheiro que minha mãe deixou era suficiente para atender a todas as nossas necessidades e não parecia haver nenhum obstáculo à nossa felicidade.

"Mas uma terrível transformação aconteceu com o nosso padrasto por essa época. Em vez de fazer amizades e visitar os nossos vizinhos, que de início haviam ficado muito contentes de ver um Roylott de Stoke Moran de volta à antiga sede da família, ele se trancava dentro de casa e raramente saía, a não ser para ter brigas violentas com qualquer pessoa que surgisse à sua frente. O temperamento agressivo beirando à loucura tem sido hereditário nos homens da família e, no caso de meu padrasto, creio que havia sido intensificado por sua longa residência nos trópicos. Houve uma série de brigas vergonhosas, duas das quais terminaram na delegacia, até que ele se tornou o terror da aldeia e todo mundo fugia quando ele aparecia, pois é um homem de imenso vigor e completamente incontrolável quando enfurecido.

"Na semana passada, ele jogou o ferreiro da aldeia por cima do parapeito para dentro de um córrego, e só foi possível evitar outro escândalo público pagando todo o dinheiro que consegui juntar. Ele não tinha nenhum amigo além dos ciganos nômades e deixava esses vagabundos acamparem nos poucos acres de terras cobertas de mato que representam a propriedade da família e aceitava em troca a hospitalidade de suas tendas, às vezes perambulando junto durante semanas. Ele também tem paixão por animais exóticos que lhe são enviados por um agente. Atualmente, tem um guepardo e um babuíno que passeiam livres pela propriedade e são temidos pelos camponeses quase tanto quanto o dono.

"Por tudo isso, você pode imaginar que a minha pobre irmã Júlia e eu não tivemos muitas alegrias na vida. Nenhum empregado ficava conosco, e durante muito tempo fizemos todo o trabalho doméstico. A Júlia tinha apenas 30 anos quando morreu, mas seu cabelo já começava a branquear, assim como o meu.

– Então a sua irmã morreu?

– Ela faleceu há dois anos e é sobre a morte dela que eu quero falar com o senhor. Você deve compreender que, vivendo a vida que acabei de descrever, havia poucas possibilidades de vermos pessoas da nossa idade e posição. Temos, porém, uma tia solteira, irmã de minha mãe, a senhorita Honoria Westphail, que mora perto de Harrow, a quem ocasionalmente tínhamos permissão de fazer pequenas visitas. Júlia foi vê-la no Natal, dois anos atrás, e lá conheceu um capitão de corveta, de quem ficou noiva. O meu padrasto ficou sabendo do noivado quando a minha irmã voltou e não fez objeção ao casamento, mas, 15 dias antes da data marcada para a cerimônia, ocorreu o terrível acontecimento que me privou da minha única companheira."

Sherlock Holmes havia se recostado em sua poltrona com os olhos fechados e a cabeça afundada em uma almofada, mas nesse momento meio que abriu as pálpebras e olhou para a visitante.

– Por favor, seja precisa quanto aos detalhes – ele pediu.

– Isso é fácil para mim, pois cada acontecimento desse período pavoroso está gravado na minha memória. A mansão está, como eu já disse, muito velha, e só uma ala ainda é habitada. Os dormitórios dessa ala ficam no andar térreo e as salas, no bloco central do prédio. O primeiro quarto é o do doutor Roylott, o segundo é o da minha irmã e o terceiro é o meu. Não há comunicação entre eles, mas todos os três abrem para o mesmo corredor. Estou sendo bem clara?

– Perfeitamente.

– As janelas dos três quartos abrem para o gramado. Naquela noite fatal, o doutor Roylott foi para o quarto cedo, embora nós soubéssemos que ele não havia se retirado para dormir, pois a minha irmã estava passando mal com o cheiro dos fortes charutos indianos que ele costumava fumar. Ela saiu de seu quarto e foi para o meu e lá ficou por algum tempo, conversando sobre o casamento que se aproximava. Às onze horas da noite, ela se levantou para sair, mas parou à porta e olhou para trás.

"'Diga-me uma coisa, Helen', ela falou, 'você já ouviu alguém assobiar no meio da noite?'

"'Nunca', respondi.

"'Será que talvez você mesma não assobie dormindo?'

"'Claro que não, mas por que pergunta?'

"'Porque nas últimas noites, por volta das três da manhã, tenho sempre escutado um assobio baixo, bem nítido. Tenho o sono leve e isso me acorda. Não sei dizer de onde vem, talvez do quarto ao lado, talvez lá de fora. Só queria saber se você também tinha ouvido.'

"'Não ouvi nada, devem ser esses ciganos desgraçados acampados na plantação.'

"'É bem provável. Mas, se fosse lá fora, no gramado, acho que você também não ouviria.'

"'Provavelmente, mas o meu sono é muito mais pesado que o seu.'

"'Bom, de qualquer modo, isso não tem muita importância.' Ela sorriu para mim, fechou a porta e poucos segundos depois ouvi a chave girar na fechadura de seu quarto.

– Veja só – disse Holmes. – Era costume de vocês trancarem a porta dos quartos à noite?

– Sempre.

– Por quê?

– Acho que mencionei que o doutor tinha um guepardo e um babuíno que andavam soltos. Não nos sentíamos seguras a não ser com as portas trancadas.

– Ah, sim. Por favor, continue a sua narrativa.

– Não consegui dormir naquela noite. Um vago sentimento de desgraça iminente me oprimia. A minha irmã e eu, como você deve se lembrar, éramos gêmeas, e o senhor sabe que laços muito sutis unem duas almas tão intimamente ligadas. Era uma noite terrível. O vento uivava lá fora e a chuva batia contra as janelas. De repente, no meio do tumulto da ventania, ouvi o grito de uma mulher aterrorizada. Eu sabia que era a voz da minha irmã. Saltei da cama, enrolei um xale nos ombros e corri para o corredor. Quando abri a minha porta, me pareceu ouvir um assobio baixo, como a minha irmã havia descrito, e poucos momentos depois um som metálico, como se algo de metal tivesse caído. Quando me aproximei do quarto dela pelo corredor, vi que a porta estava aberta balançando lentamente nas dobradiças. Fiquei olhando, horrorizada, sem saber o que estava prestes a sair do quarto. À luz do lampião do corredor, eu vi a minha irmã aparecer na abertura da porta, com o rosto pálido de terror e as mãos estendidas, como se ela pedisse socorro, cambaleando como uma bêbeda. Corri para junto dela e segurei-a em meus braços, mas, nesse momento, seus joelhos se dobraram e ela caiu no chão. Ela se retorcia como se estivesse com dores violentas, e os braços e as pernas convulsionavam muito. A princípio, achei que ela não tinha me reconhecido, mas, quando me inclinei, ela gritou de repente com uma voz que jamais esquecerei: "Meu Deus, Helen! Foi a faixa! A faixa malhada!". Havia mais alguma coisa que ela queria dizer, e apontou o dedo no ar em direção ao quarto do doutor, mas sofreu uma nova convulsão que abafou suas palavras. Saí correndo, chamando em voz alta pelo meu padrasto, e encontrei-o saindo do quarto, vestindo roupão. Quando chegou perto da minha irmã, ela já estava inconsciente e, embora ele tivesse derramado conhaque em sua garganta e mandado buscar auxílio médico na aldeia, tudo foi em vão e ela morreu sem recobrar os sentidos. Esse foi o terrível fim da minha querida irmã.

– Um momento – disse Holmes –, tem certeza do assobio e do som metálico? Poderia jurar?

– Foi isso que o magistrado da província me perguntou no inquérito. Tenho a impressão muito forte de que ouvi esses sons, mas, com o barulho da tempestade e os ruídos naturais de uma casa tão velha, posso ter me enganado.

– A sua irmã estava vestida?

– Não, ela estava de camisola. Na mão direita tinha os restos de um fósforo queimado e, na esquerda, uma caixa de fósforos.

– Demonstrando que acendera um fósforo e olhara em volta quando ouviu o barulho. Isso é importante. E quais foram as conclusões do magistrado?

– Ele investigou o caso com muito cuidado, pois a conduta do doutor Roylott havia muito tempo tinha se tornado notória em todo o condado, mas não foi capaz de encontrar nenhuma causa de morte satisfatória. O meu testemunho mostrou que a porta havia sido trancada por dentro e que as janelas estavam bloqueadas por venezianas antigas com barras largas de ferro, que também eram trancadas todas as noites. As paredes foram cuidadosamente sondadas e ficou provado que eram sólidas. O chão também foi examinado minuciosamente, com o mesmo resultado. A chaminé é larga, mas é vedada por quatro barras. É absolutamente certo, portanto, que a minha irmã estava completamente sozinha quando morreu. Além disso, não havia marcas de violência nela.

– E quanto à possibilidade de ser envenenamento?

– Os médicos a examinaram, mas não encontraram nada.

– Então, do que você acha que essa pobre moça morreu?

– Creio que ela morreu de medo e de choque nervoso, embora eu não imagine o que a amedrontou.

– Havia ciganos acampados na propriedade nessa ocasião?

– Sim, quase sempre tem alguns deles por lá.

– Ah, e o que deduziu dessa referência a uma faixa... a uma faixa malhada?

– Às vezes, acho que foi só a fala irreal de um delírio, outras vezes penso que talvez ela estivesse se referindo a um bando de pessoas, talvez aos próprios ciganos da plantação. Ou, ainda, quem sabe os lenços pintados que eles colocam na cabeça tivessem sugerido a ela o estranho adjetivo que usou.

Holmes sacudiu a cabeça como alguém que está longe de ter encontrado uma solução satisfatória.

– São águas bastante turvas – ele comentou. – Por favor, continue.

– Desde então, dois anos se passaram e a minha vida, até há pouco, vinha sendo mais solitária que nunca. Mas, um mês atrás, um amigo querido, que conheço há muitos anos, deu-me a honra de me pedir em casamento. O nome dele é Armitage, Percy Armitage, o segundo filho do senhor Armitage, de Crane Water, perto de Reading. O meu padrasto não fez nenhuma oposição ao enlace e a cerimônia será na primavera. Há dois dias, alguns reparos começaram a ser feitos na ala oeste da construção e a parede de meu quarto foi parcialmente demolida, por isso tive de me mudar para o quarto em que a minha irmã morreu e dormir na mesma cama em que ela dormia. Imagine, então, o meu arrepio de horror quando, na noite passada, enquanto tentava dormir, pensando no terrível destino dela, subitamente ouvi no silêncio da noite o assobio que foi o prenúncio de sua morte. Pulei da cama e acendi a lâmpada, mas não vi nada no quarto. Fiquei abalada demais para voltar para a cama, então me vesti e, assim que o dia clareou, saí de mansinho, peguei uma carruagem de duas rodas na Crown Inn, que fica no lado oposto, e fui até Leatherhead, de onde vim esta manhã com o objetivo de vê-lo e pedir seu conselho.

– Fez muito bem, agiu com sabedoria – disse o meu amigo. – Mas você contou tudo o que sabe?

– Sim, tudo.

– Senhorita Stoner, não é verdade. Você está protegendo o seu padrasto.

– Por quê? O que quer dizer com isso?

Em resposta, Holmes puxou para trás o babado de renda preta que encobria a mão que a nossa visitante descansava sobre o joelho. Cinco pequenas manchas desbotadas, correspondentes a marcas de quatro dedos e de um polegar, estavam marcadas no punho branco.

– Você foi tratada com crueldade – disse Holmes.

A moça enrubesceu e cobriu o punho machucado.

– Ele é um homem muito duro – ela disse. – Talvez nem saiba da própria força.

Um longo silêncio se fez enquanto Holmes descansava o queixo nas mãos e contemplava o fogo crepitando na lareira.

– É um assunto bem complexo – ele disse afinal. – Existem mil detalhes que eu gostaria de saber antes de decidir pelo nosso curso de ação. Mas não temos um minuto a perder. Se formos a Stoke Moran hoje, seria possível vermos os quartos sem que seu padrasto saiba?

– Por coincidência, ele disse que viria à cidade hoje para tratar de assuntos importantes. É provável que fique fora o dia todo, e nesse caso não haverá nada para nos incomodar. Agora temos uma empregada, mas ela é velha e tola e eu posso facilmente desviar-lhe a atenção.

– Ótimo. Você não faz nenhuma objeção a essa viagem, Watson?

– De maneira alguma.

– Então iremos os dois. E o que a senhorita vai fazer?

– Tenho uma ou duas coisas que gostaria de resolver, já que estou aqui na cidade. Mas eu preciso voltar pelo trem do meio-dia, para estar lá antes de vocês chegarem.

– Pode nos aguardar no começo da tarde. Também tenho algumas coisas para resolver. Não quer esperar e tomar café?

– Não, preciso ir. Já me sinto mais leve depois de ter confiado o meu problema aos senhores. Será um prazer revê-los à tarde.

Ela baixou o véu sobre o rosto e se retirou da sala.

– O que acha disso tudo, Watson? – perguntou Sherlock Holmes, reclinando-se na poltrona.

– Parece uma história profundamente sinistra.

– Muito sinistra.

– Mas, se a moça está certa em dizer que o chão e as paredes são sólidas e que a porta, a janela e a chaminé são impenetráveis, então a irmã dela sem dúvida alguma estava sozinha quando chegou ao seu misterioso fim.

– E o que diz dos assovios noturnos e das palavras tão esquisitas da moça ao morrer?

– Não sei o que pensar.

– Quando se combinam as ideias dos assobios noturnos e da presença de um bando de ciganos que são amigos íntimos desse velho médico, com o fato de que temos todas as razões para acreditar que o médico está interessado em evitar o casamento de sua enteada, além da referência dela, na hora da morte, a uma faixa ou bandana e, por fim, o fato de que a senhorita Helen Stoner ouviu um barulho metálico, que poderia ter sido causado por uma dessas barras de metal que seguram as venezianas ao voltar à sua posição normal, acho que temos base suficiente para pensar que o mistério pode ser esclarecido seguindo essas indicações.

– Mas o que foi que os ciganos fizeram?

– Não posso imaginar.

– Vejo muitas objeções a essa teoria.

– Eu também, e é exatamente por essa razão que vamos a Stoke Moran hoje à tarde. Quero ver se as objeções são fatais ou se podem ser explicadas. O que é isso? Mas que diabo!

A exclamação foi arrancada do meu companheiro porque a porta havia sido escancarada e um homem enorme surgira no vão. Sua roupa era uma mistura curiosa de um profissional liberal e um fazendeiro, com cartola preta, casaco de fraque comprido, polainas altas e chicote na mão. Ele era tão alto que a cartola tocava o topo da abertura da porta, e a largura dos ombros quase bloqueava a entrada. O rosto grande, riscado por mil rugas, queimado de sol num tom de amarelo e marcado por todos os sentimentos malignos, virava de um para o outro, enquanto os olhos fundos e coléricos e o nariz alto, afilado e descamado lhe davam o ar de uma ave de rapina feroz.

– Qual dos senhores é Holmes? – perguntou esse fantasma.

– Esse é o meu nome, senhor, mas eu gostaria de saber o seu – disse o meu companheiro com toda calma.

– Sou o doutor Grimesby Roylott, de Stoke Moran.

– Muito prazer, doutor – respondeu Holmes, afável. – Tenha a bondade de sentar-se.

– Nada disso. A minha enteada esteve aqui, eu a segui. O que ela esteve lhe falando?

– Está um pouco frio para essa época do ano – disse Holmes.

– O que foi que ela lhe contou? – berrou o velho, furioso.

– Mas ouvi dizer que as flores da primavera estão brotando – continuou o meu amigo, impassível.

– Ah! Está querendo me enganar, não é? – disse o nosso novo visitante, dando um passo à frente e sacudindo o chicote. – Conheço você, seu bandido! Já ouvi falar do senhor. É Holmes, o intrometido.

O meu amigo sorriu.

– Holmes, o intrometido! – Seu sorriso se alargou.

– Holmes, o informante da Scotland Yard.

Holmes riu com gosto.

– A sua conversa é muito divertida – ele disse. – Quando sair, tenha a bondade de fechar a porta, pois está criando uma corrente de ar.

– Vou quando tiver dito o que vim dizer. Não ouse se intrometer nos meus negócios. Sei que a senhorita Stoner esteve aqui. Eu a segui! Sou um homem perigoso, você vai se dar mal comigo. Olhe só...

Avançou rapidamente, pegou o atiçador de fogo e vergou-o ao meio com as enormes mãos morenas.

– Tenha o cuidado de ficar fora de meu alcance – rosnou e, atirando o atiçador retorcido na lareira, saiu da sala a passos largos.

– Parece uma pessoa muito amável – disse Holmes, rindo. – Não sou tão grande assim, mas, se ele tivesse ficado mais um pouco, eu lhe mostraria que as minhas mãos não são mais fracas do que as dele. – Enquanto falava, ele pegou o atiçador de fogo, de aço, e com um rápido esforço endireitou-o novamente.

– Imagine ele ter a insolência de me confundir com os detetives da força policial! Mas esse incidente dá mais sabor à nossa investigação, e só espero que a nossa amiguinha não venha a sofrer por sua imprudência em se deixar seguir por esse bruto.

"Agora, Watson, vamos tomar o café, e depois vou dar um passeio até a Doctors' Commons, onde espero conseguir umas informações que poderão nos ajudar nesse assunto."

Eram quase treze horas quando Sherlock Holmes voltou de sua excursão. Ele trazia na mão uma folha de papel azul, coberta de anotações e números.

– Vi o testamento da esposa falecida – ele disse. – Para determinar seu significado exato, fui obrigado a calcular os preços atuais dos investimentos a que se refere. A renda total, que na época em que ela faleceu era de aproximadamente 1.100 libras por ano, agora, devido à queda dos preços da agricultura, não passa de 750 libras. Cada filha tem direito a uma renda de 250 libras ao se casar. É evidente, portanto, que, se as duas moças tivessem se casado, esse belo homem ficaria quase sem dinheiro e, mesmo se só uma casasse, ele já não ficaria bem de vida. O meu trabalho desta manhã não foi em vão, pois provou que ele tem fortes motivos para impedir que algo do gênero acontecesse. Agora, Watson, isso ficou sério demais para perdermos tempo, especialmente porque o velho sabe que estamos interessados em seus negócios. Então, se você estiver pronto, vamos chamar uma carruagem de aluguel e seguir para Waterloo. Eu ficaria muito agradecido se você levasse o seu revólver no bolso. Além disso, a munição Eley número 2 é um excelente argumento para cavalheiros que dão nós em atiçadores de aço. Isso e uma escova de dentes é tudo de que precisamos, penso eu.

Em Waterloo, tivemos a felicidade de pegar o trem para Leatherhead, onde alugamos uma carruagem na pousada da estação e andamos cerca de 6 ou 8 quilômetros pelas adoráveis estradas rurais de Surrey. O dia estava perfeito, o sol brilhava, com algumas nuvens esparsas no céu. As árvores e as sebes à beira do caminho se revestiam dos primeiros brotos verdes da primavera, e o ar estava perfumado com o cheiro agradável de terra úmida. Para mim, pelo menos, havia o estranho contraste entre a doce promessa da primavera e a sinistra investigação na qual estávamos envolvidos. O meu companheiro sentou-se à frente na carruagem, de braços cruzados, o chapéu cobrindo os olhos, o queixo afundado no peito, imerso nos mais profundos pensamentos. De repente, ele teve um sobressalto, bateu em meu ombro e apontou para os campos.

– Olhe lá! – disse.

Um parque intensamente arborizado se estendia por uma colina suave, terminando num bosque denso no ponto mais alto. De lá, por entre os galhos das árvores, avistava-se o telhado cinzento e alto, em várias águas, de uma velha mansão.

– Stoke Moran? – ele perguntou.

– Sim, senhor, é a casa do doutor Grimesby Roylott – confirmou o cocheiro.

– Estão fazendo obras de reforma na construção – disse Holmes. – É para lá que vamos.

– Ali fica a aldeia – disse o cocheiro, apontando para um agrupamento de telhados à esquerda –, mas, se quiser ir à mansão, fica mais perto passar por essa porteira e depois seguir pelo caminho que atravessa o campo. É por ali, onde aquela senhora está andando.

– E a senhora, se não me engano, é a senhorita Stoner – observou Holmes, fazendo sombra sobre os olhos com a mão. – Sim, acho melhor fazermos o que você sugeriu.

Saltamos, pagamos o cocheiro, e a carruagem voltou para Leatherhead.

– Achei melhor – disse Holmes, enquanto pulávamos a porteira – que esse camarada pensasse que viemos aqui como arquitetos ou por algum motivo profissional. Talvez assim pare de fazer fofoca. Boa tarde, senhorita Stoner. Como pode ver, cumprimos com a nossa palavra.

A nossa cliente daquela manhã se apressou para vir ao nosso encontro, com o rosto cheio de alegria.

– Eu estava ansiosa à espera de vocês! – ela exclamou, apertando nossas mãos calorosamente. – Tudo deu maravilhosamente certo. O doutor Roylott foi à cidade e é pouco provável que volte antes de anoitecer.

– Tivemos o prazer de conhecer o doutor – disse Holmes, e em poucas palavras contou o que acontecera. A senhorita Stoner empalideceu.

– Meu Deus! – disse ela. – Então ele me seguiu.

– É o que parece.

– É tão astuto que nunca sei como me defender dele. O que será que vai dizer quando voltar?

– Ele precisa tomar cuidado, pois sabe que existe alguém mais astuto do que ele em seu encalço. Você deve trancar a sua porta hoje à noite. Se ele ficar violento, vamos levá-la para a casa de sua tia em Harrow. Agora precisamos usar o tempo de que dispomos da melhor maneira possível. Por favor, leve-nos imediatamente aos quartos que viemos examinar.

A construção era de pedra cinzenta, coberta de musgo, com um bloco central alto e duas alas laterais curvas, como as garras de um caranguejo. Numa dessas alas, as janelas estavam quebradas e protegidas com tábuas, o telhado parcialmente desabado, a pintura arruinada. A parte central estava numa condição um pouco melhor, e a ala direita era comparativamente mais moderna. As cortinas nas janelas e a fumaça azul saindo das chaminés mostravam que a família residia ali. Um andaime havia sido erguido na parede dos fundos e algumas pedras estavam quebradas, mas não havia sinal de trabalhadores quando nos aproximamos. Holmes andou devagar de um lado para o outro no gramado mal cortado e examinou com profunda atenção o lado externo das janelas.

– Esse, pelo que percebo, deve ser o quarto em que você costumava dormir, o do meio era o quarto da sua irmã e aquele ali é o quarto do doutor Roylott.

– Exatamente. Mas agora estou dormindo no quarto do meio.

– Por causa da reforma, pelo que entendi. Por falar nisso, não parece haver nenhuma razão urgente para consertar aquela parede dos fundos.

– Não havia razão nenhuma. Acho que foi só uma desculpa para eu me mudar de quarto.

– Ah! Isso é sugestivo. Bem, do outro lado dessa ala estreita há um corredor que dá para os três quartos. Esse corredor tem janelas?

– Sim, mas são muito estreitas, pequenas demais para alguém passar.

– Como a senhora e sua irmã trancavam as portas à noite, não era possível entrar nos quartos por aquele lado. Queira fazer a gentileza de ir para o seu quarto, fechar as janelas e trancar as venezianas com as barras.

A senhorita Stoner fez isso e Holmes, após cuidadoso exame na janela aberta, tentou de todas as maneiras forçar as venezianas, sem sucesso. Não havia nenhuma fresta por onde a lâmina de uma faca pudesse passar para suspender a barra. Depois testou as dobradiças com a lupa, mas eram de ferro sólido, firmemente embutidas na alvenaria maciça.

– Hum! – ele murmurou, coçando o queixo, perplexo. – A minha teoria enfrenta algumas dificuldades. Ninguém poderia passar por esta janela com a tranca no lugar. Bem, vejamos se a parte interna lança alguma luz sobre o assunto.

Uma pequena porta lateral levava ao corredor pintado de branco, para o qual as três portas se abriam. Holmes se negou a examinar o terceiro quarto, então fomos diretamente para o segundo, aquele no qual a senhorita Stoner dormia atualmente e onde sua irmã falecera. Era um quarto pequeno e modesto, com teto baixo e lareira aberta, à maneira das casas de campo antigas. Uma cômoda marrom escura num canto, uma cama coberta de branco no outro e uma penteadeira à esquerda da janela com duas pequenas cadeiras de vime, eram toda a mobília do quarto, além de um tapete no centro. As tábuas do assoalho e os lambris das paredes eram de carvalho escuro, tão velhos e desbotados que deveriam datar da época da construção da casa. Holmes puxou uma cadeira para um canto e sentou-se, silencioso, enquanto seus olhos percorriam o ambiente ao redor e também de alto a baixo, observando cada detalhe do cômodo.

– Com quem essa sineta se comunica? – perguntou finalmente, apontando para um grosso cordão pendurado junto à cama, com a borla repousando sobre o travesseiro.

– Com o quarto da empregada.

– Parece mais nova do que o resto no quarto.

– Sim, foi instalada há uns dois anos.

– Foi sua irmã quem pediu isso?

– Não, acho que ela nem chegou a usá-la. Nós mesmas sempre costumávamos buscar o que precisávamos.

– É mesmo, então não seria necessário instalar um cordão de sineta tão bonito. Peço licença por uns minutos enquanto examino o chão. – Ele se esticou de rosto para baixo com a lupa na mão, então engatinhou rápido para cá e para lá, inspecionando minuciosamente as frestas entre as tábuas. Depois, fez o mesmo com os lambris que forravam as paredes do quarto. Por fim, caminhou para a cama e ficou algum tempo olhando para ela e observando a parede de cima a baixo. Finalmente, pegou o cordão da sineta e puxou-o com força.

– Ora, é postiço! – ele exclamou.

– Não toca?

– Não, nem está ligado a nenhum fio. Isso é muito interessante. Vocês podem ver que está pendurado num gancho logo acima da pequena abertura de ventilação.

– Que absurdo! Não tinha reparado nisso antes.

– Muito estranho! – resmungou Holmes, puxando o cordão. – Há uma ou duas coisas muito esquisitas neste quarto. Por exemplo, o construtor devia ser maluco para fazer uma abertura de ventilação que dá para o outro quarto quando podia simplesmente abri-la na parede externa!

– Isso também é bem recente – a moça afirmou.

– Foi feita na mesma época do cordão de sineta – comentou Holmes.

– É, foram realizadas algumas pequenas mudanças na mesma ocasião.

– Todas muito interessantes! Cordões de sineta que não tocam, ventilação que não ventila... Com sua permissão, senhorita Stoner, agora vamos fazer nossas pesquisas no outro quarto.

O quarto do doutor Grimesby Roylott era maior que o da enteada, mas mobiliado com a mesma simplicidade. Uma cama de campanha estreita, uma pequena prateleira de madeira cheia de livros, a maioria sobre assuntos técnicos, uma poltrona ao lado da cama, uma cadeira de madeira encostada na parede, uma mesa redonda e um grande cofre de ferro eram os principais itens que atraíam o olhar. Holmes andou lentamente em volta e examinou todos os objetos com o maior interesse.

– O que tem aqui dentro? – ele perguntou, batendo no cofre.

– Documentos do meu padrasto.

– Ah! Então você já viu o conteúdo?

– Só uma vez, anos atrás. Lembro-me de que estava cheio de papéis.

– Por acaso tem um gato lá dentro?

– Não. Mas que ideia esquisita!

– Bem, veja só isto. – Ele pegou um pequeno pires com leite em cima do cofre.

– Não, não temos nenhum gato. Mas temos um guepardo e um babuíno.

– Ali, sim, é claro! Bem, o guepardo é apenas um gato grande, mas um pequeno pires não me parece suficiente para atender ao que é necessário para ele, acho. Há um ponto que eu gostaria de esclarecer. – Ele se agachou na frente da cadeira de madeira e examinou o assento com a maior atenção.

– Obrigado. Está quase tudo resolvido – ele disse, erguendo-se e guardando a lupa no bolso. – Ora! Temos aqui algo interessante.

O objeto que atraiu sua atenção era uma pequena correia de cachorro pendurada num canto da cama. A correia, porém, estava enrolada em si mesma, formando uma laçada.

– O que acha disso, Watson?

– É uma correia comum. Mas não sei por que fizeram o laço.

– Não é muito comum, certo? Ah, meu Deus! Existe muita maldade no mundo, mas, quando um homem inteligente vira seu cérebro para o crime, é o pior de tudo. Acho que já vi o suficiente, senhorita Stoner, e, com a sua permissão, vamos lá para fora, no gramado.

Eu nunca havia visto o rosto de meu amigo tão sombrio nem sua testa tão franzida quanto nesse momento. Andamos para cá e para lá várias vezes e nem a senhorita Stoner, nem eu ousamos interromper seus pensamentos, até que ele despertou de seus devaneios.

– É absolutamente essencial, senhorita Stoner – ele disse enfim – que você siga rigorosamente cada aspecto da minha orientação.

– Certamente farei tudo o que disser.

– O assunto é grave demais para qualquer hesitação. A sua vida pode depender disso.

– Asseguro-lhe de que estou em suas mãos.

– Em primeiro lugar, o meu amigo e eu vamos passar a noite no seu quarto.

Tanto a senhorita Stoner como eu o olhamos com espanto.

– Sim, tem de ser assim. Deixe-me explicar. Creio que aquela ali é a pousada da aldeia.

– Sim, chama-se Crown.

– Muito bem. De lá é possível ver as suas janelas?

– Certamente.

– Você precisa ficar confinada em seu quarto, sob o pretexto de estar com dor de cabeça, assim que o seu padrasto voltar. Quando perceber que ele se retirou para dormir, abra as venezianas de seu quarto, solte o trinco, coloque a lamparina na janela como sinal para nós e, então, retire-se silenciosamente, levando tudo de que poderá precisar para o quarto que costumava ocupar. Tenho certeza de que, apesar das reformas, você poderá passar uma noite lá.

– Claro, sem problemas.

– Deixe o resto em nossas mãos.

– Mas o que vocês vão fazer?

– Vamos passar a noite em seu quarto, para investigarmos a causa desse barulho que a vem perturbando.

– Acho, senhor Holmes, que o senhor já descobriu o que é – disse a senhorita Stoner, colocando a mão no braço do meu companheiro.

– Talvez.

– Então, pelo amor à piedade, diga-me qual foi a causa da morte de minha irmã.

– Prefiro ter mais provas antes de contar.

– Pode pelo menos me dizer se a minha ideia está certa e se ela morreu de um susto repentino?

– Não! Não acho que foi isso. Creio que provavelmente houve uma causa mais tangível. E agora, senhorita Stoner, temos de deixá-la, pois, se o doutor Roylott voltar e nos vir, a nossa viagem terá sido em vão. Até logo e tenha coragem, pois, se fizer exatamente o que eu lhe pedi, pode ficar descansada que muito em breve afastaremos os perigos que a ameaçam.

Sherlock Holmes e eu não tivemos dificuldade em alugar uma suíte de quarto e sala na pousada Crown. Ficava no segundo andar, e da nossa janela víamos claramente a ala habitada da mansão de Stoke Moran. Ao entardecer, vimos o doutor Grimesby Roylott passar de carruagem, com sua figura enorme ofuscando o rapazinho que guiava o veículo. O garoto teve alguma dificuldade para abrir os pesados portões de ferro, então escutamos os gritos roucos do doutor e vimos a fúria com que ele mostrava os punhos cerrados para o rapaz. A carruagem entrou e pouco depois vimos uma luz súbita surgir entre as árvores quando a lamparina foi acesa numa das salas.

– Sabe de uma coisa, Watson – disse Holmes enquanto sentávamos na escuridão que aumentava. – Estou realmente sentindo alguns escrúpulos em levar você comigo esta noite. Há um elemento real de perigo.

– Eu poderei ser útil?

– Sua presença poderá ser inestimável.

– Então eu irei.

– É muita bondade sua.

– Você fala em perigo. Evidentemente enxergou algo mais do que eu vi naqueles quartos.

– Não, mas acho que deduzi um pouco mais. Imagino que você viu o mesmo que eu vi.

– Não vi nada de mais, exceto o cordão da sineta. Qual a finalidade daquilo? Confesso que sequer posso imaginar.

– Viu a abertura de ventilação também?

– Sim, mas não acho que seja uma coisa tão incomum haver uma pequena abertura entre dois quartos. Era tão pequena que dificilmente um rato poderia passar.

– Eu sabia que encontraríamos a ventilação antes de virmos para Stoke Moran.

– Meu caro Holmes!

– Sim, eu sabia. Lembre-se que a senhorita Stoner disse que a irmã sentia o cheiro do charuto do doutor Roylott. É claro, isso sugeriu imediatamente que devia existir uma comunicação entre os dois quartos. Só podia ser muito pequena, senão teria sido notada durante o inquérito policial. Deduzi que seria uma abertura de ventilação.

– Mas que mal pode haver nisso?

– Bem, existe no mínimo uma curiosa coincidência de datas. Foi feita uma abertura de ventilação, um cordão de sineta foi pendurado, e uma dama que dorme naquela cama morre. Isso não lhe diz nada?

– Não consigo ver nenhuma ligação.

– Observou alguma coisa muito peculiar naquela cama?

– Não.

– Estava fixada no chão. Por acaso já tinha visto uma cama presa assim?

– Não me lembro de ter visto.

– A moça não conseguia mudar a posição da cama, que ficava sempre no mesmo lugar em relação à ventilação e ao cordão, ou o que seja lá que for aquilo, já que claramente não foi feito para tocar a sineta.

– Holmes – falei –, começo a perceber vagamente o que você está insinuando. Chegamos exatamente a tempo de evitar um crime sutil e horrível.

– Muito sutil e muito horrível Quando um médico envereda pelo caminho do crime, ele se torna um ótimo criminoso, pois tem sangue-frio e possui conhecimentos. Palmer e Pritchard estavam entre os melhores da profissão. Esse homem é muito competente, mas acho, Watson, que seremos ainda mais competentes do que ele. Contudo, presenciaremos muitos horrores antes que esta noite termine. Deus do céu, vamos fumar um cachimbo tranquilamente e pensar, por algumas horas, em coisas mais agradáveis.

Por volta de nove horas da noite, a luz entre as árvores foi apagada e tudo ficou escuro para os lados da mansão. Duas horas se arrastaram e então, de repente, quando deu onze horas, uma pequena luz brilhou bem à nossa frente.

– É o nosso sinal – disse Holmes, levantando-se. – Veio da janela do meio.

Ao sairmos, ele trocou algumas palavras com o dono da estalagem, explicando que íamos visitar um amigo e que talvez passássemos a noite lá. Em instantes, estávamos na estrada escura, com um vento frio soprando e uma luz amarela tremulando à nossa frente para nos guiar em nossa missão sombria.

Não tivemos muita dificuldade para entrar na propriedade, porque o velho muro do parque, cheio de buracos, estava desmoronando. Caminhando por entre as árvores, alcançamos o gramado e o atravessamos. Estávamos prestes a entrar pela janela quando, de uma moita de louro saltou alguma coisa parecida com uma criança horrenda e disforme, que se atirou na grama com as pernas e os braços contorcidos e em seguida correu rapidamente pelo gramado e desapareceu na escuridão.

– Meu Deus! – murmurei. – Você viu isso?

Holmes ficou momentaneamente tão espantado quanto eu. A mão dele apertou com força o meu punho, mas logo ele riu baixinho e cochichou no meu ouvido.

– Essa é uma família bem interessante – ele disse. – Era o babuíno.

Eu tinha me esquecido dos estranhos animais de estimação do doutor Roylott. Havia um guepardo também. Talvez caísse sobre os nossos ombros a qualquer instante. Confesso que me senti melhor quando, após seguir o exemplo de Holmes e tirar os sapatos, vi que estava dentro do quarto. O meu companheiro fechou as venezianas sem fazer barulho, levou a lâmpada para a mesa e olhou em volta. Estava tudo exatamente como durante o dia. Depois aproximou-se de mim, fez um funil com as mãos e murmurou no meu ouvido, tão baixinho que apenas pude distinguir as palavras.

– O menor ruído será fatal para os nossos planos.

Acenei com a cabeça para mostrar que entendera.

– Temos que ficar no escuro, pois ele poderia ver a luz pela ventilação.

Acenei novamente.

– Não durma, pois a sua vida dependerá disso. Fique com o revólver à mão caso seja necessário usá-lo. Eu vou me sentar na beira da cama. Sente-se naquela cadeira.

Tirei o revólver do bolso e coloquei-o no canto da mesa.

Holmes trouxera uma bengala longa e fina, que colocou na cama a seu lado. Junto dela, colocou a caixa de fósforos e um pedaço de vela. Ele apagou a lamparina e ficamos no escuro.

Jamais poderei me esquecer daquela terrível vigília. Eu não ouvia nenhum som, nem mesmo a nossa respiração, mas sabia que o meu companheiro estava sentado ali de olhos abertos, a poucos passos de mim, no mesmo estado de tensão nervosa em que eu me encontrava. As venezianas cortavam o menor raio de luz, e aguardamos na mais completa escuridão.

Do lado de fora, chegava o grito ocasional de alguma ave noturna e, em certo momento, bem embaixo da nossa janela, escutamos o gemido de um felino, o que nos dizia que o guepardo estava em liberdade. A distância, ouvíamos as badaladas longínquas do relógio da paróquia, que ressoavam a cada 15 minutos. Como custaram a passar aquelas horas! Meia-noite, uma hora, duas, três e continuávamos sentados em silêncio, esperando alguma coisa acontecer.

De repente, vislumbramos uma luz na direção da abertura de ventilação, que desapareceu imediatamente, mas foi seguida de um cheiro forte de óleo queimado e metal aquecido. Alguém no quarto ao lado acendera um lampião. Ouvi o som de um movimento leve e depois tudo ficou em silêncio de novo, embora o cheiro ficasse mais forte. Durante meia hora, fiquei sentado com os ouvidos atentos. Então, subitamente outro ruído se tornou audível, um som bem leve, como o de um pequeno jato de vapor escapando da chaleira. Nesse mesmo instante, Holmes pulou da cama, acendeu um fósforo e bateu furiosamente com a bengala no cordão de sineta.

– Está vendo, Watson? – ele gritou. – Está vendo?

Mas eu não via nada. Quando Holmes riscou o fósforo, ouvi um assovio baixo, bem claro, mas o brilho súbito em meus olhos cansados não me deixou ver o que meu amigo fustigava com tanta fúria. Só pude ver que seu rosto estava muito pálido, cheio de horror e asco. Ele parou de bater no cordão e olhava para a abertura da ventilação quando o silêncio da noite foi quebrado pelo berro mais pavoroso que já ouvi e que foi crescendo, crescendo, num berro sinistro de dor, medo e raiva, tudo misturado naquele grito único. Dizem que lá na aldeia e até mesmo na paróquia distante, esse grito arrancou de suas camas os que dormiam. Congelou nossos corações, e fiquei olhando para Holmes e ele para mim até que os últimos ecos morreram no silêncio de onde vieram.

– O que isso significa? – eu gaguejei.

– Significa que está tudo acabado – respondeu Holmes. – E talvez, no fim das contas, seja para melhor. Pegue o seu revólver e vamos para o quarto do doutor Roylott.

Com uma expressão grave no rosto, ele acendeu a lâmpada e se dirigiu para o corredor. Diante do quarto do doutor, bateu à porta duas vezes sem obter resposta. Então, girou a maçaneta e entrou, comigo em sua cola e de pistola na mão.

Uma cena espantosa chegou aos nossos olhos. Sobre a mesa havia um lampião com a portinhola meio aberta, jogando um feixe brilhante de luz sobre o cofre de ferro, cuja porta estava escancarada. Junto à mesa, na cadeira de madeira, sentava-se o doutor Grimesby Roylott, enrolado em um longo roupão cinzento, com os tornozelos nus à mostra e os pés metidos em chinelos turcos vermelhos. Em seu colo, estava a correia com laçada que tínhamos visto durante o dia. Seu queixo apontava para cima e seus olhos estavam fixos no canto do teto. Era um olhar rígido medonho. Ao redor a testa, o homem usava uma espécie de bandana ou uma faixa amarela estranha, com pintinhas marrons, que parecia estar muito apertada. Quando entramos, ele não se mexeu nem fez nenhum barulho.

– A faixa! A faixa malhada! – murmurou Holmes.

Dei um passo à frente. No mesmo instante, a esquisita bandana começou a se mover e no meio da cabeleira do doutor

Roylott surgiu a cabeça triangular achatada em forma de diamante e o pescoço dilatado de uma serpente asquerosa.

– É uma víbora do pântano! – exclamou Holmes. – É a cobra mais venenosa da Índia! Ele morreu dez segundos depois da mordida. A violência, na verdade, se volta contra os violentos, e quem cava um buraco como armadilha acaba caindo na própria cova profunda que escavou para os outros. Vamos empurrar essa criatura de volta ao seu covil. Em seguida, poderemos levar a senhorita Stoner para um abrigo seguro e notificaremos a polícia do condado a respeito do que aconteceu.

Enquanto falava, tirou rapidamente a correia do colo do morto, jogou a laçada no pescoço do réptil e arrancou-o do medonho poleiro, levando-o à distância do comprimento do braço para o cofre de ferro, onde o trancou.

Esses são os verdadeiros fatos da morte do doutor Grimesby Roylott de Stoke Moran. Não é necessário prolongar uma narrativa que já se tomou por demais extensa para dizer como demos a triste notícia à moça apavorada, como a levamos no trem da manhã para a casa de sua boa tia em Harrow e como o lento processo de inquérito policial chegou à conclusão de que o doutor havia encontrado a morte enquanto brincava imprudentemente com um perigoso réptil de estimação. O pouco que eu ainda precisava saber desse caso me foi contado por Sherlock Holmes quando voltávamos à cidade no dia seguinte.

– Eu havia chegado – ele disse – a uma conclusão totalmente errada, o que demonstra, meu caro Watson, como é sempre perigoso raciocinar a partir de dados insuficientes. A presença dos ciganos, o uso da palavra "faixa" pela pobre moça para, sem dúvida, explicar o que viu de relance à luz de um fósforo, foram suficientes para me fazer seguir uma pista inteiramente errada. O meu único mérito foi reconsiderar de imediato a minha posição, quando ficou claro que qualquer perigo que ameaçasse o ocupante do quarto não poderia vir nem pela janela nem pela porta. A minha atenção foi atraída rapidamente para a abertura de ventilação e para o cordão da sineta pendurado ao lado da cama, como já comentei com você. A descoberta de que o cordão era postiço e que a cama estava presa ao chão deram origem à suspeita de que o cordão servia de ponte para alguma coisa que passasse pela abertura e viesse até a cama. Ocorreu-me logo a ideia de uma cobra e, quando soube que o doutor tinha uma série de criaturas da Índia, achei que estava na pista certa. A ideia de usar uma forma de veneno que não pudesse ser descoberta por nenhum teste químico era exatamente a que ocorreria a um homem inteligente e inescrupuloso que tivesse adquirido conhecimentos no Oriente. A rapidez com que esse veneno faria efeito também era, do ponto de vista dele, uma vantagem. Somente um policial perspicaz, decerto, poderia descobrir os dois pequenos pontinhos que mostravam onde as duas presas venenosas haviam feito seu serviço. Então, pensei no assobio. É claro que ele tinha de chamar a cobra de volta antes que a luz do dia a revelasse à vítima. Treinou-a, provavelmente usando o pires de leite que vimos, para voltar quando fosse chamada. Colocava-a no buraco de ventilação na hora que julgasse apropriada, certo de que ela deslizaria pela corda e cairia na cama. Poderia ou não morder a ocupante, talvez essa tenha escapado todas as noites durante uma semana, porém, mais cedo ou mais tarde ela se tornaria vítima.

"Cheguei a essas conclusões antes mesmo de entrar no quarto dele. A inspeção na cadeira mostrou que ele tinha o hábito de ficar em pé no assento, o que, é claro, era necessário para que ele alcançasse a abertura da ventilação. A visão do cofre, do pires de leite e da laçada na correia foram suficientes para afastar quaisquer dúvidas que ainda restassem. O ruído metálico ouvido pela senhorita Stoner era obviamente causado pelo padrasto, ao fechar rapidamente a porta do cofre após colocar lá dentro seu terrível ocupante. Uma vez tendo chegado a essa conclusão, você já sabe quais medidas tomei para obter as provas. Ao ouvir a criatura sibilar, como você também deve ter ouvido, imediatamente acendi o fósforo e a ataquei."

– Com o resultado de fazê-la recuar pela abertura da ventilação!

– E também com o resultado de ela se virar contra o próprio dono do outro lado. Alguns golpes da minha bengala acertaram o alvo e despertaram sua fúria, fazendo-a atacar a primeira pessoa que viu. Dessa maneira, eu sou, sem dúvida alguma, indiretamente responsável pela morte do doutor Grimesby Roylott. Mas não posso garantir que isso vá pesar muito na minha consciência...

A Aventura das Faias Roxas

– Para o homem que ama a arte pela arte – observou Sherlock Holmes, colocando de lado o caderno de anúncios classificados do Daily Telegraph –, frequentemente é das manifestações artísticas menos importantes e mais humildes que ele retira o seu maior prazer. É um prazer constatar, Watson, que você compreendeu muito bem essa verdade nos pequenos relatos dos nossos casos que teve a bondade de redigir e, devo acrescentar, algumas vezes embelezar, você tem dado menos destaque às muitas causas célebres e aos julgamentos sensacionais nos quais tomei parte, do que àqueles incidentes que podem ter sido banais em si mesmos, mas que foram feitos para abrir espaço ao exercício das faculdades de dedução e síntese lógica que se tornaram a minha especialidade.

– Apesar disso – disse eu, sorrindo –, não consigo me ver absolvido da acusação de sensacionalismo imputada aos meus registros.

– Talvez você tenha errado – ele observou, pegando uma brasa com a tenaz e acendendo o longo cachimbo de cerejeira que substituía o cachimbo de argila quando ele estava mais em estado de espírito discursivo do que meditativo – você errou, talvez, ao tentar dar cor e vida a cada uma das suas declarações, em vez de se limitar à tarefa de registrar o rígido raciocínio de causa e efeito que é realmente o único aspecto notável de tudo isso.

– Parece-me que sempre lhe tenho feito plena justiça quanto a isso – apontei com alguma frieza, pois me sentia repelido pelo egoísmo que mais de uma vez observara como um fator importante na personalidade do meu amigo.

– Não, não é egoísmo, nem vaidade – ele disse, respondendo, como era seu costume, mais aos meus pensamentos do que às minhas palavras. – Se exijo plena justiça para com a minha arte, é porque é uma coisa impessoal, uma coisa além de mim mesmo. O crime é comum. A lógica é rara. Portanto, é mais a lógica do que o crime que deveria enfatizar. Você reduziu o que deveria ser uma série de palestras a uma coleção de historinhas infantis.

Era uma manhã fria no início da primavera e estávamos sentados diante do fogo que crepitava na lareira da velha sala na Baker Street, após o café da manhã. Uma neblina espessa se infiltrava entre as linhas de casas descoradas e as janelas do lado oposto destacavam-se desse cenário de fundo como manchas escuras informes. O nosso lampião a gás estava aceso, refletia na toalha branca e reluzia na porcelana e nos metais, pois a mesa ainda estava posta. Sherlock Holmes permanecera calado a manhã toda, lendo as colunas de anúncios classificados de uma sequência de jornais, até que, por fim, aparentemente desistiu de suas buscas, mas como não estava de bom humor, passou a fazer críticas às minhas qualidades literárias.

– Ao mesmo tempo – ele comentou, após uma pausa na qual ficou pitando seu longo cachimbo e olhando o fogo –, você não pode ser acusado de sensacionalismo, pois uma grande percentagem desses casos pelos quais você teve a bondade de se interessar não trata de crimes, no sentido estritamente legal. Aquele assunto ligeiro em que tentei auxiliar o rei da Boêmia, a experiência singular da senhorita Mary Sutherland, o problema do homem com o lábio retorcido e o incidente do nobre solteiro, são todos assuntos que estão fora do alcance da lei. Mas ao evitar o sensacional, temo que você tenha caído no trivial.

– Os finais das histórias talvez tenham sido assim – respondi –, mas acredito que os métodos que uso são originais e interessantes.

– Bobagem, meu caro amigo. De nada vale o público, o grande público que nada observa, que não sabe distinguir um tecelão pelos dentes nem um compositor pelo polegar esquerdo e não liga para as maravilhosas nuances da análise e da dedução! Mas, na verdade, se você é trivial, não posso culpá-lo, pois os dias dos grandes casos já passaram. O sujeito, pelo menos o sujeito criminoso, perdeu toda a iniciativa e a originalidade. Quanto ao meu pequeno negócio pessoal, parece que está reduzido a uma agência de recuperação de lápis perdidos e de aconselhamento a moças de internatos. Acho que cheguei ao fundo do poço. Este bilhete que recebi hoje de manhã marca o meu ponto final. Leia!

Ele atirou uma folha de papel amassado para mim, com data da noite anterior, que foi remetido da Montague Place e dizia:

> *Prezado senhor Holmes:*
>
> *Estou muito ansiosa para consultá-lo sobre se devo ou não aceitar uma posição de governanta que me foi oferecida. Irei vê-lo às dez e meia da manhã de amanhã, se não for inconveniente.*
>
> *Atenciosamente,*
>
> *Violet Hunter.*

– Conhece a moça? – perguntei.

– Não.

– São dez e meia.

– Sim, e não tenho dúvida que é ela quem está tocando a campainha.

– Talvez seja mais interessante do que você pensa. Lembre-se que o caso da pedra azul, que parecia ser apenas um capricho à primeira vista, tomou-se uma investigação séria. Esse caso também pode ser assim.

– Vamos esperar que sim! Mas as nossas dúvidas muito em breve se dissiparão, pois, se não me engano, aqui está a pessoa em questão.

Enquanto falava, a porta se abriu e uma moça entrou. Ela estava vestida de forma modesta, mas bem-arrumada. Tinha um rosto alegre, vivo, cheio de sardas e a maneira enérgica de uma mulher que tem o seu jeito próprio de ganhar a vida.

– Estou certa de que você vai me perdoar por incomodá-lo – ela disse, dirigindo-se ao meu companheiro, que se erguera para cumprimentá-la –, mas passei por uma experiência muito estranha e como não tenho pais ou parentes a quem possa recorrer, achei que talvez o senhor pudesse ter a bondade de me dizer o que devo fazer.

– Por favor, sente-se, senhorita Hunter. Ficarei feliz de fazer tudo o que puder para ajudá-la.

Vi que Holmes ficara bem impressionado com a maneira e as palavras da sua nova cliente. Examinou-a detalhadamente como era seu costume e então se concentrou, de olhos fechados e juntando as pontas dos dedos, para ouvir a história dela.

– Sou governanta há cinco anos – ela disse – na família do coronel Spence Munro, porém, há dois meses o coronel foi transferido para Halifax na Nova Escócia e levou os filhos para a América com ele, de modo que fiquei sem emprego. Anunciei nos jornais e respondi a anúncios, mas sem sucesso. Por fim, o pouco dinheiro que economizara tinha quase ido embora e eu estava desesperada sem saber o que fazer.

"Na West End existe uma agência para governantas muito conhecida chamada Westaway e eu costumava ir até lá mais ou menos uma vez por semana para ver se tinha aparecido qualquer coisa que pudesse me servir. Westaway é o nome do fundador do negócio cuja gerente, na verdade, é a senhorita Stoper. Ela fica em seu pequeno escritório, e as mulheres que procuram emprego esperam numa antessala e entram uma a uma, enquanto ela consulta seus livros de registros para ver se tem alguma vaga adequada.

"Bem, quando estive lá na semana passada, fui levada à pequena sala, como de costume, mas vi que a senhorita Stoper não estava sozinha. Um homem imensamente gordo, com rosto risonho e enormes papadas que faziam dobras e dobras sobre o pescoço, estava sentado ao lado dela, de óculos pendurados no nariz, olhando intensamente cada moça que entrava. Quando chegou a minha vez, ele saltou na cadeira e virou rapidamente para a senhorita. Stoper, dizendo: 'Esta serve! Não poderia pedir coisa melhor. Excelente! Excelente!'.

"Ele parecia muito entusiasmado e esfregava as mãos com alegria. Parecia tão satisfeito que era um prazer vê-lo.

"'Está procurando uma posição, senhorita?', ele perguntou.

"'Sim, senhor.'

"'Como governanta?'

"'Isso mesmo, senhor.'

"'E quanto quer ganhar?'

"'Eu ganhava quatro libras por mês no coronel Spence Munro.'

"'Que absurdo! Exploração, muita exploração!', ele exclamou, erguendo as mão gordas para o ar, como um homem indignado. 'Como alguém pode oferecer essa miséria para uma moça com tantos atrativos e dons?'

"'Os meus dons, senhor, são menores do que o senhor imagina', respondi. 'Um pouco de francês, um pouco de alemão, música, desenho...'.

"'Ora, ora!', ele exclamou. 'Isso não interessa. A questão é, a senhorita tem ou não tem as maneiras e comportamento de uma dama? É isso que interessa, em resumo. Se não tiver, não serve para criar uma criança que algum dia pode desempenhar um papel importante na história do país. Mas se tiver, então como pode um cavalheiro pedir que tenha a condescendência de aceitar uma soma tão insignificante? O seu salário comigo, senhorita, começaria com cem libras por ano.'

"Como o senhor pode imaginar, senhor Holmes, para mim, necessitada como estava, essa oferta parecia boa demais para ser verdade. O cavalheiro, porém, vendo talvez a expressão de dúvida em meu rosto, abriu a carteira e tirou uma nota.

"'É também meu hábito', ele disse sorrindo de maneira agradável, até seus olhos se tornarem meras frestas entre as dobras de gordura do rosto, 'fazer um adiantamento às moças que trabalham para mim, de metade do salário, para que possam enfrentar as despesas de viagem e guarda-roupa'.

"Pareceu-me que nunca havia conhecido um homem tão fascinante e com tanta consideração. Como já estava devendo aos meus fornecedores, o adiantamento era muito conveniente. Mas havia algo anormal nessa transação toda, que me fez querer saber um pouco mais antes de me comprometer totalmente.

"'Posso perguntar onde o senhor mora?', indaguei.

"'Em Hampshire, numa propriedade rural encantadora conhecida como As Faias Roxas, oito quilômetros adiante de Winchester. É uma região encantadora, cara senhorita, com a mais adorável velha casa de campo.'

"'E as minhas obrigações, senhor? Gostaria de saber quais são.'

"'Cuidar de uma criança, um garotinho de seis anos. Se pudesse vê-lo matar baratas com o chinelo! Bate! Bate! Bate!

Três delas mortas num piscar de olhos!.' Reclinou-se na cadeira e deu gargalhadas até os olhos sumirem de novo.

"Fiquei um pouco espantada com esse tipo de diversão da criança, mas as gargalhadas do pai me fizeram achar que talvez ele estivesse brincando. 'Então, os meus deveres consistem exclusivamente em tomar conta de um menino?.'

"'Não exclusivamente, não exclusivamente, minha cara senhorita!', ele exclamou. 'Os seus deveres, como estou certo que o seu bom senso lhe diria, serão obedecer qualquer ordem que minha esposa lhe der, desde que sejam sempre ordens que uma dama possa obedecer. Não vê nenhum problema nisso, certo?'

"'Terei prazer em ser útil.'

"'Muito bem. Quanto às roupas, por exemplo. Somos excêntricos, sabe... excêntricos, mas de bom coração. Se lhe pedíssemos para usar qualquer roupa que lhe déssemos, não faria objeção ao nosso pequeno capricho, certo?'

"'Não!', respondi, muito espantada com as palavras dele.

"'Ou, para sentar aqui, ou sentar acolá. Ah! Isso lhe seria ofensivo?'

"'De modo algum!'

"'Ou cortar o cabelo bem curto antes de vir trabalhar para nós?'

"Quase não acreditei no que ouvia. Como deve ter observado, senhor Holmes, os meus cabelos são fartos e de um tom castanho pouco comum. É muito elogiado, considerado artístico. Nunca aceitaria a ideia de sacrificá-los dessa maneira.

"'Receio que seja impossível', respondi. Ele estava me observando ansiosamente com seus olhinhos miúdos e vi que passou uma sombra por seu rosto com as minhas palavras.

"'Sinto muito, mas é essencial', ele disse. 'É uma mania da minha esposa e os caprichos das mulheres, você como sabe, devem ser satisfeitos. Então, não quer cortar os cabelos?'

"'Não, senhor, realmente não posso', respondi com firmeza.

"'Ah! Muito bem. Que pena, porque em todos os aspectos a senhorita nos servia bem. Nesse caso, senhorita Stoper, é melhor inspecionar mais algumas das suas moças.'

"A gerente estivera o tempo todo ocupada com papéis, sem dizer nenhuma palavra, mas então me olhou com uma expressão muito aborrecida, já que havia perdido uma bela comissão com a minha recusa.

"'Deseja que o seu nome continue em nossos livros?', ela perguntou.

"'Por favor, senhorita Stoper.'

"'Bem, na verdade, não vai adiantar muito, já que recusa as melhores ofertas dessa maneira', ela argumentou rispidamente. 'Não pode esperar que façamos força para conseguir outro cargo desses para a senhorita. Tenha um bom dia, senhorita Hunter.' Bateu num gongo sobre a mesa e o lacaio me levou para fora da sala.

"Bem, senhor Holmes, quando voltei para os meus aposentos e encontrei quase nada para comer no aparador, além de duas ou três contas sobre a mesa, comecei a me perguntar se não tinha feito uma tolice. Afinal de contas, se aquelas pessoas tinham manias esquisitas e esperavam ser obedecidas em questões tão extraordinárias, pelo menos estavam prontas a pagar por sua excentricidade. Bem poucas governantas na Inglaterra ganham cem libras por ano. Além do mais, de que me valia o meu cabelo? Muitas pessoas ficam melhor de cabelos curtos e talvez eu fosse uma delas. No dia seguinte, estava inclinada a achar que cometera um erro e no outro dia, fiquei convencida disso. Já tinha quase superado o meu orgulho e me preparava para voltar à agência para perguntar se o lugar já fora ocupado, quando recebi esta carta do próprio cavalheiro. Está aqui comigo, e vou ler para o senhor:

"As Faias Roxas, perto de Winchester.

Prezada senhorita Hunter.

A senhorita Stoper teve a bondade de me dar o seu endereço e eu lhe escrevo para perguntar se por acaso você reconsiderou a sua decisão. A minha esposa está ansiosa para que venha trabalhar para nós, pois ficou muito interessada pela descrição que fiz de você. Estamos dispostos a lhe pagar 30 libras por trimestre, ou 120 libras por ano, de modo a recompensá-la por qualquer inconveniência que nossas excentricidades possam lhe causar e que na verdade são difíceis de atender. A minha esposa aprecia muito um tom especial de azul elétrico e gostaria que a senhorita usasse um vestido dessa cor dentro de casa, pela manhã. Não é preciso gastar dinheiro adquirindo o vestido, entretanto, pois já temos um que pertenceu à minha querida filha Alice, que agora reside na Filadélfia e que eu acho que lhe serviria muito bem. E quanto a sentar-se aqui ou ali, ou se ocupar da maneira que lhe for indicada, isso não deve lhe causar nenhum inconveniente. No que diz respeito aos seus cabelos, é sem dúvida uma pena, especialmente porque, em nosso breve encontro, não pude deixar de reparar como são belos, mas receio ter de ser firme quanto a esse ponto e só espero que o aumento de salário a recompense pela perda. As suas obrigações com a criança serão realmente muito leves. Tente mudar de ideia e nesse caso irei esperá-la em Winchester, com uma carruagem de duas rodas.

Atenciosamente,

Jephro Rucastle".

– Foi essa a carta que acabei de receber, senhor Holmes e resolvi aceitar. Mas acho que antes de dar o último passo eu gostaria de submeter o caso todo à sua consideração.

– Bem, senhorita Hunter, se já resolveu, isso encerra o assunto – disse Holmes, sorrindo.

– Mas não me aconselha a recusar?

– Confesso que não é uma situação que eu gostaria de ver a minha irmã enfrentar.

– O que isso tudo quer dizer, senhor Holmes?

– Ah! Não tenho fatos suficientes. Não posso dizer nada. Será que você tem alguma opinião formada?

– Bem, para mim parece que só existe uma explicação possível. O senhor Rucastle demonstrou ser muito bondoso e ter bom temperamento. É possível que a esposa dele seja uma lunática e que ele queira esconder o fato para que ela não seja levada a algum asilo, por isso faz todas as vontades dela para evitar que tenha uma crise.

– Essa é realmente uma solução possível e na verdade, do jeito como as coisas estão colocadas, é a mais provável. Mas de qualquer maneira, não parece uma família boa para uma moça.

– Mas e o dinheiro, senhor Holmes, o dinheiro!

– Sim, claro, o salário é muito bom, bom demais. É isso que me preocupa. Por que lhe pagariam 120 libras por ano quando podem escolher quem quiser e pagar somente quarenta? Deve haver uma razão muito forte por trás.

– Achei que se eu lhe contasse as circunstâncias, o senhor talvez compreenda melhor depois, se eu precisar da sua ajuda. Vou me sentir muito melhor sabendo que o senhor está na retaguarda.

– Ora, pode levar esse sentimento com você. Eu lhe asseguro que o seu pequeno problema promete ser o mais interessante que surgiu no meu caminho em muitos meses. Há alguma coisa de muito original em alguns aspectos. Se você sentir dúvidas ou achar que está em perigo...

– Perigo! Que perigo você prevê?

Holmes sacudiu a cabeça, sério.

– Deixaria de ser um perigo se pudéssemos defini-lo – ele disse. – Mas a qualquer hora do dia ou da noite, basta um telegrama para me levar a ajudá-la.

– Para mim está ótimo!

Prontamente ela se levantou da cadeira, sem um vestígio de ansiedade no rosto.

– Agora posso ir para Hampshire sem nenhuma preocupação. Vou escrever para o senhor Rucastle imediatamente, vou sacrificar o meu pobre cabelo esta noite e amanhã partirei para Winchester.

Ela se despediu de nós com palavras de agradecimento a Holmes e saiu.

– Pelo menos – eu disse, quando ouvimos seus passos firmes e rápidos na escada – parece uma moça que sabe se defender muito bem.

– E precisa saber – disse Holmes, sério. – Se eu não estiver muito enganado, teremos notícias dela dentro de alguns dias.

Não demorou muito para a profecia do meu amigo se realizar. Passaram-se 15 dias e muitas vezes pensei nela, imaginando em que estranho desvio da experiência humana essa moça solitária se encontraria. O salário fora do comum, as condições curiosas, as obrigações tão leves, tudo apontava para alguma coisa anormal, embora, para mim, fosse impossível determinar se era uma excentricidade ou uma trama, ou se o homem era um filantropo ou um vilão. Quanto a Holmes, notei que ele muitas vezes ficava sentado por meia hora, com ar abstrato e testa franzida, mas quando eu mencionava o assunto, ele o afastava do pensamento com gestos de mão.

– Fatos! Fatos! Fatos! – ele exclamava, impaciente. – Não posso fazer tijolos sem barro. – Mas sempre acabava resmungando que nenhuma irmã dele jamais aceitaria uma situação dessas.

O telegrama que afinal recebemos chegou tarde da noite, justo quando eu estava pensando em me recolher e Holmes se preparava para uma daquelas pesquisas químicas que duravam a noite inteira, às quais frequentemente se entregava, quando eu o deixava inclinado sobre uma retorta e um tubo de ensaio de noite e o encontrava na mesma posição quando descia para o café da manhã. Ele abriu o envelope amarelo e dando uma olhada na mensagem, estendeu-a para mim.

– Veja qual é o horário dos trens no guia *Bradshaw* – ele disse, e voltou às suas experiências químicas.

A mensagem era breve e urgente, e dizia o seguinte:

> *"Por favor esteja no Hotel Black Swan em Winchester amanhã ao meio-dia. Venha! Estou desesperada.*
> *Hunter."*

– Você vai comigo? – perguntou Holmes, erguendo os olhos.

– Gostaria de ir.

– Veja os trens, então.

– Há um trem às nove e meia – eu disse, olhando o *Bradshaw*. – Chega em Winchester às onze e trinta.

– Este serve muito bem. Talvez seja melhor adiar a minha análise das acetonas para estar em boa forma pela manhã.

Às onze horas da manhã seguinte estávamos quase chegando à antiga capital inglesa. Holmes se enterrou nos jornais matutinos a viagem inteira, mas depois de passarmos a fronteira de Hampshire jogou-os de lado e começou a admirar a paisagem. Era um dia ideal de primavera, com o céu azul-claro salpicado de pequenas nuvens brancas felpudas que navegavam do leste para o oeste. O sol brilhava, mas fazia um friozinho no ar que estimulava a energia de um homem. Por toda a parte nos campos, até as colinas de Aldershot, os telhadinhos vermelhos e cinzentos das fazendas espreitavam por entre o verde-claro da folhagem nova.

– Mas como está tudo fresquinho e bonito! – exclamei com o entusiasmo de um homem que acabava de sair da neblina da Baker Street.

Holmes, porém, sacudiu a cabeça, muito sério.

– Sabe, Watson, uma das maldições de um cérebro como o meu é que eu vejo tudo com referência ao meu assunto especial. Você olha para essas casas espalhadas e fica impressionado com a beleza. Eu olho para elas e a única ideia que me ocorre é a sensação de isolamento e impunidade com que crimes podem ser cometidos dentro delas.

– Meu Deus! – exclamei. – Quem haveria de associar a ideia de crimes com essas casas velhas e aconchegantes?

– Elas sempre me enchem de um certo horror. Acredito firmemente, Watson, baseado na minha experiência, que os mais baixos e vis becos de Londres não apresentam histórias de pecados mais horríveis do que esses belos e sorridentes campos.

– Você me apavora!

– Mas a razão é óbvia. Na cidade, a pressão da opinião pública pode fazer o que a lei não consegue realizar. Não existe um beco tão vil que o grito de uma criança torturada, ou a pancada dada por um bêbedo não provoquem a empatia e indignação dos vizinhos, e então todo o mecanismo da justiça está tão perto que uma palavra de queixa pode pô-lo em movimento e só há um passo entre o crime e o banco dos réus. Mas olhe para essas casas isoladas, cada qual cercada por seus campos, na maior parte cheias de gente pobre e ignorante que mal conhece a lei. Pense nos atos de crueldade demoníaca, na maldade oculta, que continuam ano após ano nesses lugares e que ninguém fica sabendo. Se essa moça que nos pediu auxílio fosse morar em Winchester, eu não teria receio de que algo lhe acontecesse. São os oito quilômetro de campos que tornam a situação perigosa. Embora tenha ficado claro que ela não está sendo pessoalmente ameaçada.

– Não. Se ela pode vir a Winchester para nos encontrar, quer dizer que tem liberdade para sair.

– Exatamente. Ela tem sua liberdade.

– O que pode estar acontecendo, então? Pode sugerir alguma explicação?

– Imaginei sete explicações diferentes e todas se encaixam nos fatos que conhecemos. Mas qual delas é a correta, só poderei determinar com as novas informações que certamente vamos encontrar à nossa espera. Bem, lá está a torre da catedral e em breve ouviremos tudo o que a senhorita Hunter tem para nos contar.

A Black Swan é uma estalagem de boa fama na High Street, ao lado da estação e lá encontramos a moça nos esperando. Ela reservou uma sala e o almoço nos aguardava sobre a mesa.

– Estou bem contente por terem vindo – ela agradeceu com sinceridade. – Foi muita gentileza de ambos. Mas não sei mesmo o que fazer. Os seus conselhos serão de imenso valor para mim.

– Por favor, conte-nos o que lhe aconteceu.

– Vou contar e tenho de ser rápida, pois prometi ao senhor Rucastle que voltaria antes das três horas da tarde. Consegui a permissão dele para vir à cidade hoje de manhã, embora ele não saiba o que vim fazer.

– Conte-nos tudo na devida ordem.

Holmes estendeu as longas pernas magras para a lareira e se concentrou para ouvir.

– Em primeiro lugar, devo dizer que, de um modo geral, não tenho sido maltratada pelo senhor e pela senhora Rucastle. Faço apenas justiça com eles ao dizer isso. Mas não os compreendo e estou preocupada com eles.

– O que não compreende?

– A razão da conduta deles. Mas vou contar tudo exatamente como aconteceu. Quando cheguei, o senhor Rucastle foi me encontrar e me levou de carroça às Faias Roxas. A casa, como ele havia dito, tem uma belíssima localização, mas não é bonita, apenas grande, quadrada, pintada de branco, mas toda manchada de mofo e limo. Tem bastante terreno em volta, bosques de três lados e, na quarta lateral, um campo que desce até a estrada de Southampton, que faz uma curva a uns cem metros da porta da frente. A área da frente pertence à casa, mas os bosques em volta fazem parte da propriedade de Lorde Southerton. Um grupo de faias roxas logo adiante da porta deu nome à casa.

"O meu patrão pessoalmente me levou até lá, amável como sempre, e naquela noite ele me apresentou à esposa e à criança. Não há nenhuma verdade, senhor Holmes, na hipótese que nos pareceu provável em seus aposentos na Baker Street. A senhora Rucastle não é louca. É uma mulher calada, pálida, muito mais jovem que o marido, acho que não tem mais do que 30 anos, ao passo que ele deve ter por volta de 45. Deduzi, pela conversa, que estão casados há cerca de sete anos, que ele era viúvo, que a única filha veio do primeiro matrimônio e foi para Filadélfia. O senhor Rucastle me disse reservadamente que a razão dela tê-los deixado é que sentia uma aversão irracional pela madrasta. Como a filha não deveria ter menos de 20 anos, imagino que a posição dela junto à jovem esposa de seu pai não seria muito confortável.

"A senhora Rucastle parecia desbotada tanto física quanto mentalmente. Não me causou impressão favorável nem desfavorável. Ela era uma completa nulidade. Era fácil de ver que se dedicava apaixonadamente ao marido e ao pequeno filho. Seus olhos cinzas e claros vagavam constantemente de um para o outro, notando e antecipando cada pequeno desejo deles. Ele era muito bondoso com ela, apesar da maneira rude e expansiva dele, e em geral eles pareciam um casal feliz. Porém, essa mulher tinha algum desgosto secreto. Muitas vezes ficava perdida em pensamentos, com uma expressão profundamente triste. Mais de uma vez a surpreendi em lágrimas. Algumas vezes achei que era a condição do filho que a preocupava, pois nunca vi uma criança tão mimada e geniosa. Ele é pequeno para a idade, com a cabeça desproporcionalmente grande. Parece passar a vida inteira alternando entre acessos de fúria e intervalos de mau humor. Sua única ideia de diversão é torturar qualquer criatura menor e mais fraca e ele demonstra considerável talento em planejar a captura de camundongos, passarinhos e insetos. Mas eu prefiro não falar dessa criatura, senhor Holmes, que, na verdade, não tem nada a ver com a minha história.

– Gosto de saber de todos os detalhes – observou o meu amigo –, mesmo que pareçam irrelevantes.

– Procurarei não omitir nada importante. A única coisa desagradável na casa, que logo me impressionou, é a aparência e a conduta dos empregados. São apenas dois, um homem e sua esposa. Toller, esse é o nome dele, é um homem rude, grosseiro, de cabelos e barba grisalhos, sempre cheirando a bebida. Duas vezes, desde que estou com eles, ficou completamente bêbedo, mas o senhor Rucastle pareceu nem perceber. A esposa dele é bem alta e forte, de cara amarrada, tão calada quanto a senhora Rucastle e muito menos amistosa. Eles formam um casal muito desagradável, mas felizmente passo a maior parte do tempo no quarto da criança e no meu próprio quarto, que ficam um ao lado do outro num canto da construção.

"Nos primeiros dois dias após chegar às Faias Roxas, a minha vida correu mansamente. No terceiro dia, a senhora Rucastle desceu logo após o café da manhã e murmurou alguma coisa no ouvido do marido. 'Ah! Sim', ele disse, virando-se para mim, 'somos muito gratos a você, senhorita Hunter, por ter atendido aos nossos caprichos e cortado os cabelos. Garanto-lhe que não alterou em nada a sua bela aparência. Vamos ver agora como lhe assenta o vestido azul elétrico. Você vai encontrá-lo estendido em sua cama e se quiser ter a bondade de vesti-lo, ficaremos ambos muito gratos'.

"O vestido que encontrei à minha espera era de um tom de azul muito peculiar. O tecido era de excelente qualidade, mas mostrava sinais evidentes de já ter sido usado antes. Não podia servir melhor se tivesse sido feito sob medida para mim. Tanto o senhor como a senhora Rucastle expressaram admiração quando me viram, que inclusive me pareceu bastante exagerada de tão veemente. Eles estavam me esperando no salão, que é muito grande, estendendo-se por toda a frente da casa, com três grandes janelas que chegam ao chão. Uma cadeira estava colocada perto da janela do meio, de costas viradas para ela. Eles pediram que eu me sentasse nela e, então, o senhor Rucastle, passeando de um lado para o outro, começou a contar as histórias mais engraçadas que eu jamais ouvira. Vocês não podem imaginar como era cômico, por isso ri até ficar cansada. A senhora Rucastle, entretanto, que não possui senso de humor, evidentemente nem sequer sorriu e ficou sentada com as mãos no colo e uma expressão triste e ansiosa. Após cerca de uma hora, o senhor Rucastle subitamente comentou que estava na hora de começar os deveres do dia e que eu podia trocar de roupa, para depois tomar conta do pequeno Edward no quarto dele.

"Dois dias depois a mesma coisa aconteceu em circunstâncias idênticas. Novamente troquei de vestido, sentei diante da janela, mas de costas e outra vez ri às gargalhadas das histórias engraçadas que o meu patrão contava. Depois, ele me deu um romance de capa amarela e, virando a minha cadeira um pouco de lado para que a minha própria sombra não caísse sobre a página, pediu-me que o lesse em voz alta. Eu li por cerca de dez minutos, começando no meio de um capítulo e de repente, no meio de uma frase, ele mandou que eu parasse e fosse trocar de roupa.

"Como o senhor bem pode imaginar, senhor Holmes, fiquei curiosa quanto ao significado que essa encenação incomum poderia ter. Eles tinham sempre o cuidado, pelo que observei, de virar o meu rosto para longe da janela e eu passei a ficar obcecada pelo desejo de ver o que estava acontecendo às minhas costas. A princípio, isso me pareceu impossível, mas logo descobri uma maneira. O meu espelho de mão havia quebrado, então tive a boa ideia de esconder um pedacinho no lenço. Na ocasião seguinte, no meio da gargalhada, levei o lenço aos olhos e consegui, com jeito, ver o que estava atrás de mim.

"Confesso que fiquei desapontada. Não vi nada. Pelo menos, essa foi minha primeira impressão. Ao olhar pela segunda vez, entretanto, percebi que havia um homem parado na estrada de Southampton, um homem pequeno, barbado, vestido de cinza, que parecia olhar na minha direção. A estrada é importante e geralmente tem alguém passando por lá. Mas esse homem estava encostado na grade que cercava o nosso terreno, olhando com toda a atenção. Abaixei o lenço e lancei um olhar para a senhora Rucastle, vendo seus olhos fixos em mim atentamente. Ela não falou nada, mas tenho certeza que adivinhou que eu tinha um espelho na mão e que vi o que estava atrás de mim. Imediatamente, ela se levantou.

"'Jephro, tem um homem impertinente na estrada olhando para a senhorita Hunter.'

"'É algum amigo seu, senhorita Hunter?', ele me perguntou.

"'Não, não conheço ninguém nessa região.'

"'Ora! Mas que impertinência! Por favor, vire e faça sinal para ele ir embora.'

"'Não seria melhor ignorá-lo?'

"'Não, não, ele ficaria por aí para sempre. Por favor, vire e faça um sinal com a mão.'

"Fiz o que ele mandou e ao mesmo tempo a senhora Rucastle fechou a cortina. Isso foi há uma semana e desde então não sentei mais à janela, não usei o vestido azul e nem vi o homem na estrada."

– Por favor, tenha a bondade de continuar – disse Holmes. – A sua narrativa promete ser muito interessante.

– Receio que você vai achá-la um pouco desconexa e que talvez não haja muita relação entre os diferentes incidentes de que vou falar. No primeiro dia que passei nas Faias Roxas, o senhor Rucastle me levou a um pequeno anexo que fica perto da porta da cozinha. Ao nos aproximarmos, ouvi o retinir agudo de uma corrente e o som de algum animal de grande porte se mexendo.

"'Olhe aqui!', disse o senhor Rucastle, mostrando-me uma fresta entre duas tábuas. 'Não é uma beleza?'

"Olhei e vi dois olhos brilhantes e um vulto vago encolhido na escuridão.

"'Não tenha medo', disse o meu patrão, rindo do meu sobressalto. 'É apenas Carlo, o meu cão mastim. Eu digo que ele é meu, mas, na verdade, o velho Toller é a única pessoa que pode fazer qualquer coisa com ele. Só come uma vez por dia e assim mesmo muito pouco, de modo que está sempre faminto. Ele é solto pelo Toller todas as noites e Deus ajude o invasor que ele pegar com seus dentes. Por favor, nunca, por razão nenhuma, ponha os pés para fora da porta à noite, pois a sua vida não valerá nada.'

"O aviso não foi em vão, pois duas noites depois eu estava olhando pela janela do meu quarto por volta das duas horas da madrugada. Era uma bela noite de luar e o gramado na frente da casa estava prateado e quase tão vivo quanto durante o dia. Estava enlevada pela pacífica beleza da paisagem quando percebi que alguma coisa se movia sob a sombra das faias roxas. Quando emergiu no luar, eu vi o que era. Era um cão gigantesco, do tamanho de um bezerro, de uma cor castanha e amarelada, mandíbulas pendentes, focinho preto e imensos ossos salientes. Ele atravessou lentamente o gramado e desapareceu nas sombras do outro lado. Essa sentinela medonha enviou tamanho calafrio ao meu coração como acho que nenhum ladrão conseguiria fazer.

"E agora tenho uma experiência muito estranha para lhes contar. Como vocês sabem, cortei o cabelo em Londres e coloquei uma grande mecha no fundo da mala. Uma noite, depois de a criança ir para a cama, comecei a me distrair examinando a mobília de quarto e reorganizando as minhas coisinhas. Havia uma cômoda velha no quarto, com as duas gavetas de cima vazias abertas e a de baixo trancada. Eu já enchera as duas primeiras com minha roupa e ainda tinha umas coisas para guardar. Fiquei, naturalmente, aborrecida por não poder usar a terceira gaveta. Ocorreu-me a ideia de que poderia estar trancada por mero acaso, então peguei as minhas chaves e tentei abrir a gaveta. Logo a primeira serviu perfeitamente e abriu-a. Só havia uma coisa lá dentro, mas tenho certeza que jamais adivinharão o que era. Era a mecha do meu cabelo!

"Peguei-a e a examinei. Era da mesma cor peculiar e da mesma espessura. No entanto, percebi que a impossibilidade daquela situação ocorrer tomou conta de mim. Como o meu cabelo poderia estar trancado naquela gaveta? Com as mãos trêmulas, abri a minha mala, tirei o que estava dentro e lá no fundo estava a minha mecha! Coloquei as duas juntas e garanto-lhes que eram idênticas. Não é extraordinário? Por mais que eu pensasse, não conseguia entender o que aquilo significava. Coloquei a mecha estranha de volta na gaveta e não disse nada aos Rucastle, pois achei que fora errado de minha parte abrir uma gaveta que eles haviam trancado.

"Sou muito observadora por natureza, como deve ter notado, senhor Holmes, e logo tinha mentalmente uma ideia clara da organização de todos os cômodos da casa. Existia uma ala, entretanto, que não parecia ser habitada. Na frente da porta dos aposentos do casal Toller, havia uma porta que dava para essa ala, mas que ficava sempre trancada. Um dia, porém, quando eu subia as escadas, encontrei o senhor Rucastle saindo dessa porta com as chaves na mão e uma expressão no rosto que o tornava muito diferente do homem gordo e jovial com o qual eu estava acostumada. Suas faces estavam vermelhas, a testa franzida de raiva e as veias saltadas. Ele trancou a porta e passou por mim apressadamente sem dizer uma palavra ou olhar para mim.

"Isso despertou a minha curiosidade. Então, quando passeava com a criança pelos jardins, fui até o lado de onde podia ver as janelas dessa parte da casa. Havia quatro em fileira, três das quais estavam somente sujas, mas a quarta estava tapada com tábuas de madeira. Todas estavam evidentemente desertas. Enquanto passeávamos de um lado para o outro, o senhor Rucastle chegou até mim, alegre e jovial como sempre.

'Ah!', ele disse, 'não pense que eu sou rude se passei por você sem lhe dizer nenhuma palavra. Estava preocupado com assuntos de negócios'.

"Garanti que não fiquei. 'Por falar nisso', comentei, 'parece que vários quartos estão vazios lá em cima e um deles tem uma janela coberta de madeira'.

"'Fotografia é um dos meus *hobbies*', ele respondeu. 'Lá é a minha câmara escura. Mas, meu Deus! Que moça observadora! Quem podia imaginar isso? Quem podia imaginar isso!', ele retrucou brincando comigo, mas não havia nenhuma alegria em seus olhos enquanto ele olhava para mim. Eu só via suspeita e irritação em seu olhar, nada de brincadeira.

"Bem, senhor Holmes, a partir do momento que compreendi que havia alguma coisa naqueles quartos que eu não devia saber, fiquei ansiosa para revistá-los. Não era só curiosidade, embora eu seja muito curiosa. Era mais como um sentimento de obrigação, um sentimento de que alguma coisa boa poderia acontecer se eu conseguisse entrar naqueles quartos. Fala-se muito do instinto feminino. Talvez fosse o instinto feminino que me fizesse sentir isso. Seja lá como for, era o que eu sentia e fiquei atenta a qualquer possibilidade de atravessar a porta proibida.

"Foi somente ontem que tive essa chance. Devo lhes dizer que além do senhor Rucastle, tanto Toller quanto sua esposa têm alguma coisa para fazer nesses quartos desertos e uma vez eu vi Toller sair com uma sacola preta grande. Ultimamente ele tem bebido muito, e ontem à tarde estava completamente bêbado. Quando subi, lá estava a chave na porta. Não tenho dúvida nenhuma de que foi ele quem a deixou lá. O senhor e a senhora Rucastle estavam lá embaixo com a criança, portanto a oportunidade era ótima. Virei a chave devagar, abri a porta e entrei.

“Havia uma pequena passagem à minha frente, sem papel nas paredes e sem tapete, que virava à direita na outra ponta. Nesse trecho havia três portas em linha. A primeira e a terceira estavam abertas. Davam para quartos vazios, empoeirados, um com duas janelas e o outro com apenas uma, tão sujas que a luz da tarde mal penetrava. A porta do meio estava fechada por fora, presa pela barra larga de uma cama de ferro, com um cadeado preso num anel de ferro fixo na parede numa ponta e amarrada com uma corda grossa na outra. A porta também estava trancada e não havia sinal de chave. Essa porta barrada correspondia certamente à janela coberta de tábuas, mas pude ver pela pouca luz que escapava por baixo que o quarto não estava totalmente às escuras.

“Evidentemente existia uma claraboia que deixava entrar claridade por cima. Enquanto estava parada olhando essa porta sinistra e pensando quais segredos esconderia, ouvi de repente o som de passos dentro do quarto e vi uma sombra passear de um lado para o outro, delineada pela luz embaixo da porta. Um terror louco e irracional se apossou de mim, senhor Holmes. Os meus nervos tensos não aguentaram mais, virei e corri como se alguma mão horrenda estivesse atrás de mim, agarrando a barra do meu vestido. Corri pelo corredor, atravessei a porta e caí nos braços do senhor Rucastle, que estava do lado de fora.

“‘Então’, ele disse sorrindo, ‘era você. Achei que devia ser você quando vi a porta aberta’.

“Estou com muito medo!', eu ofeguei.

“‘Minha cara jovem! Minha cara jovem!’ Vocês não imaginam como o tom de voz dele era suave e carinhoso. ‘O que lhe deu tanto medo, minha cara?’ Mas a voz era macia demais. Ele exagerou. Fiquei prevenida contra ele.

"'Fiz a tolice de entrar nessa ala deserta', respondi. 'Estava tudo tão escuro, tão calado que fiquei com medo e saí correndo. Oh! É muito ruim ficar aí dentro!'

"'Foi só isso?', ele indagou, olhando-me atentamente.

"'Por quê, o que você pensou que fosse?'

"'Por que acha que tranco essa porta?'

"'É claro que não sei.'

"'Para evitar a entrada de pessoas que não têm nada a fazer lá dentro. Entendeu?' Ele sorriu de maneira ainda mais amável.

"'Estou certa de que se soubesse...'

"'Pois bem, agora já sabe. E se ousar atravessar essa porta de novo...', em um segundo o sorriso se transformou numa careta de raiva e ele me olhou com cara de demônio, "eu a jogo para o mastim".

"Fiquei tão apavorada que não sei o que fiz. Acho que passei por ele correndo e fui para meu quarto. Não me lembro de nada até me encontrar na cama, tremendo dos pés à cabeça. Então, pensei no senhor, senhor Holmes. Eu não podia continuar morando lá sem algum aconselhamento. Estava com medo da casa, do homem, da mulher, dos empregados e até da criança. Todos me pareciam horríveis. Se conseguisse trazer o senhor aqui, tudo ficaria bem. Naturalmente, podia ter fugido da casa, mas a minha curiosidade era tão forte quanto o meu medo. Tomei logo uma decisão. Eu lhe enviaria um telegrama. Coloquei o chapéu e o casaco, fui até o telégrafo, que fica cerca de um quilômetro da casa e voltei me sentindo muito melhor. Quando me aproximei da porta, a dúvida terrível de que o cão poderia estar solto me assaltou, mas lembrei de que Toller havia bebido tanto que estava inconsciente e eu sabia que ele era a única pessoa que tinha alguma influência sobre aquela criatura selvagem, ou que se aventuraria a soltá-la. Entrei em segurança e fiquei acordada metade da noite por causa da alegria de saber que ia vê-lo. Não tive problema em obter permissão para vir a Winchester hoje de manhã, mas preciso voltar antes das três, pois o senhor e a senhora Rucastle vão sair para fazer uma visita, só voltarão à noite e eu tenho de tomar conta da criança. Essas são as minhas aventuras, senhor Holmes e eu ficaria muito grata se me dissesse o que tudo isso significa e, acima de tudo, o que devo fazer."

Holmes e eu ouvimos estupefatos a essa história inacreditável. O meu amigo se levantou e andou de um lado para o outro com as mãos nos bolsos e uma expressão profundamente séria.

– O Toller ainda está bêbedo? – ele perguntou.

– Sim. Ouvi a mulher dele dizer à senhora Rucastle que não podia fazer nada com ele.

– Isso é bom. E os Rucastle vão sair hoje à tarde?

– Sim.

– Existe um porão com uma boa fechadura?

– Sim, a adega.

– Em tudo isso você parece ter agido como uma moça muito corajosa e sensata, senhorita Hunter. Acha que pode realizar mais uma proeza? Não lhe pediria isso se não achasse que é uma mulher muito valente.

– Posso tentar. O que é?

– Iremos às Faias Roxas às sete horas da noite, eu e o meu amigo. Os Rucastle já terão saído a essa hora e Toller estará, espero, incapacitado. Só restará a senhora Toller, que poderá dar o alarme. Se puder mandá-la à adega, sob algum pretexto e trancá-la à chave, facilitaria imensamente tudo.

– Posso fazer isso.

– Ótimo! Vamos examinar cuidadosamente o caso. É claro que só há uma explicação plausível. A senhorita foi levada até lá para se passar por outra pessoa e essa pessoa está presa no quarto trancado. Isso é óbvio. E quanto à identidade da prisioneira, não tenho dúvidas de que se trata da filha, a senhorita Alice Rucastle, que, se estou bem lembrado, diziam ter ido para a América. Você foi escolhida, evidentemente, porque se parecia com ela em altura, corpo e cor de cabelo. Provavelmente o cabelo dela foi cortado por alguma doença e, portanto, o seu também tinha que ser cortado. Por mero acaso você encontrou a mecha do cabelo dela. O homem na estrada era, sem dúvida, algum amigo dela, talvez seu noivo, e certamente como você usava o vestido da moça e se parecia tanto com ela, ele se convenceu pelas suas gargalhadas, quando a viu, e depois pelos seus gestos, que a senhorita Rucastle estava perfeitamente feliz e que não mais desejava as atenções dele. O cão é solto à noite para evitar que ele tente se comunicar com ela. Até aí está tudo muito claro. O que há de mais sério nesse caso é o gênio da criança.

– Que diabos isso tem a ver com o resto? – questionei.

– Meu caro Watson, você como médico está sempre procurando entender as tendências de uma criança pelo estudo dos pais. Não vê que o inverso é igualmente válido? Frequentemente começo a compreender a personalidade dos pais pelo estudo de seus filhos. O temperamento dessa criança é incrivelmente mau e cruel, uma crueldade sem razão e se o menino herdou isso de seu sorridente pai, como eu desconfio, ou da mãe, isso é um mau agouro para a pobre moça que está nas mãos deles.

– Estou certa de que o senhor tem razão, senhor Holmes! – exclamou a nossa cliente. – Eu me recordo de mil coisas que confirmam que você acertou em cheio. Oh, não devemos perder um instante para levar ajuda a essa pobre criatura.

– Devemos ser cautelosos, pois estamos lidando com um homem muito astuto. Não podemos fazer nada até as sete horas. Nesse horário, estaremos lá com você e não levará muito tempo para resolvermos o mistério.

Cumprimos com a nossa palavra, pois às sete em ponto chegamos às Faias Roxas, deixando a carroça numa hospedaria da estrada. O grupo de árvores, com suas folhas escuras brilhando como metal polido à luz do sol poente, era suficiente para distinguir a casa, mesmo que a senhorita Hunter não estivesse na porta, sorrindo.

– Conseguiu? – perguntou Holmes.

Pancadas altas vieram de algum lugar embaixo da casa.

– É a senhora Toller presa na adega – ela disse – O marido está roncando no chão da cozinha. Aqui estão as chaves dele, que são cópias das do senhor Rucastle.

– Você trabalhou muito bem mesmo! – Holmes elogiou, entusiasmado. – Agora nos mostre o caminho e logo veremos o final desse negócio obscuro.

Subimos as escadas, abrimos a porta, seguimos um corredor e nos encontramos diante da porta que a senhorita Hunter descreveu. Holmes cortou a corda grossa e retirou a barra. Experimentou, então, várias chaves, sem sucesso. Nenhum som vinha de dentro do quarto e o silêncio fez Holmes franzir a testa.

– Espero que não seja tarde demais – ele disse. – Acho, senhorita Hunter, que é melhor entrarmos sem você. Vamos, Watson, ponha também o ombro contra a porta e veremos se não conseguimos entrar!

Era uma porta velha e frágil, que cedeu aos nossos esforços. Juntos, entramos no quarto. Estava vazio. Não havia nenhuma mobília, exceto um colchão de palha, uma pequena mesa e uma cesta cheia de roupas. A claraboia no teto estava aberta e a prisioneira havia fugido.

– Houve alguma atividade criminosa aqui – Holmes disse. – O vilão adivinhou as intenções da senhorita Hunter e carregou sua vítima.

– Mas como?

– Pela claraboia. Logo saberemos como ele conseguiu.

Segurou-se nas bordas da abertura e olhou o telhado.

– Ah, sim!

– Mas é impossível – disse a senhorita Hunter. – Essa escada não estava aí quando os Rucastle saíram.

– Ele deve ter voltado, então. Estou lhe dizendo que é um homem esperto e perigoso. Eu não ficaria surpreso se esses passos que estou ouvindo na escada fossem dele. Acho, Watson, que seria aconselhável você ficar de pistola em punho.

Ele mal acabou de falar, quando surgiu um homem à porta do quarto, um homem muito gordo com um porrete na mão. A senhorita Hunter gritou e se encolheu junto à parede quando o viu, mas Sherlock Holmes avançou e o enfrentou.

– Vilão! – disse. – Onde está sua filha?

O homem gordo olhou em volta e depois para a claraboia aberta.

– Eu é que pergunto isso! – ele esbravejou. – Ladrões! Espiões e ladrões! Peguei vocês, não é? Estão em meu poder! Eu vou dar conta de vocês!

Virou de costas e desceu as escadas o mais rápido possível.

– Foi buscar o cão! – exclamou a senhorita Hunter.

– Tenho o meu revólver – eu disse.

– É melhor fechar a porta da frente – disse Holmes.

Descemos as escadas correndo. Mal chegamos ao saguão quando ouvimos os latidos do cão e em seguida um grito de agonia, com o ruído medonho de dentes triturando, que provocava arrepios só de ouvir. Um homem idoso de cara vermelha e membros trêmulos saiu cambaleando de uma porta lateral.

– Meu Deus! – ele gritou. – Alguém soltou o cão. Ele está há dois dias sem comer. Depressa, depressa, ou será tarde demais!

Holmes e eu saímos correndo e contornamos o canto da casa, com Toller correndo atrás de nós. Lá nos fundos estava o imenso e faminto animal com o focinho preto afundado na garganta de Rucastle, que se retorcia e gritava no chão. Ao chegar perto, estourei os miolos da fera, que caiu de lado com os dentes brancos ainda agarrados nas dobras do pescoço do vilão. Com muito esforço, separamos os dois e carregamos o homem terrivelmente estraçalhado, mas ainda vivo, para dentro da casa, colocando-o no sofá da sala. Despachamos o Toller, repentinamente sóbrio, para dar a notícia à esposa e eu fiz o que era possível para aliviar a dor do homem atacado pelo cão. Estávamos todos ao redor dele, quando a porta se abriu e uma mulher alta e magra entrou na sala.

– A senhora Toller! – exclamou a senhorita Hunter.

– Sim! O senhor Rucastle me soltou ao voltar, antes de subir. Ah, senhorita, é uma pena que não tivesse me dito o que estava acontecendo, pois eu lhe diria que todo o seu esforço seria em vão.

– Ah! – disse Holmes, olhando atentamente para ela. – É claro que a senhora Toller sabe mais sobre o assunto do que qualquer outra pessoa.

– Sim, senhor, e estou pronta para contar tudo o que sei.

– Então, por favor, sente-se e fale, pois há vários pontos em que, confesso, ainda estou no escuro.

– Vou deixar tudo claro para o senhor – ela respondeu – e já teria feito isso se tivesse conseguido sair do porão. Se houver um inquérito policial a respeito, lembre-se que fiquei do seu lado e também que era amiga da senhorita Alice.

"A senhorita Alice nunca se sentiu feliz em casa, desde que o pai se casou novamente. Ela ficou meio abandonada e não podia dizer nada, mas as coisas só ficaram realmente ruins para ela depois que conheceu o senhor Fowler na casa de uma amiga. Pelo que pude saber, a senhorita Alice tinha herdado alguma coisa diretamente, mas ela era tão quieta e paciente que nunca falava nisso e deixava tudo nas mãos do senhor Rucastle. Ele sabia que estava seguro com ela, mas quando surgiu a chance de um marido, que pediria tudo o que a moça tinha direito por lei, o pai achou que estava na hora de acabar com a festa. Queria que ela assinasse um papel, de modo que, casada ou não, ele pudesse usar o dinheiro dela. Quando ela se recusou, o pai ficou atrás dela aborrecendo-a até que ela teve uma febre terrível e durante seis semanas ficou entre a vida e a morte. Por fim, ela melhorou, mas estava magra como um esqueleto e com seu belo cabelo cortado curto. Mas isso não modificou a atitude do rapaz, que gostava dela. Ele continuou fiel como poucos homens costumam ser."

– Ah! – Holmes exclamou. – Acho que aquilo que você já teve a bondade de nos contar esclarece bem as coisas e posso deduzir o resto. Então, o senhor Rucastle, presumo, recorreu a essa forma de prisão?

– Sim, senhor.

– E trouxe a senhorita Hunter de Londres para se livrar da persistência do senhor Fowler.

– Foi isso mesmo, senhor.

– Mas o senhor Fowler, sendo perseverante, como todos os homens do mar devem ser, cercou a casa e, travando conhecimento com a senhora, conseguiu com certos argumentos, monetários ou não, convencê-la de que os seus interesses eram iguais aos dele.

– O senhor Fowler era um cavalheiro de palavras bondosas e mão aberta – disse a senhora Toller serenamente.

– E dessa forma conseguiu com que não faltasse bebida ao seu marido e que uma longa escada estivesse pronta assim que o seu patrão saiu.

– O senhor está certo, foi isso mesmo que aconteceu.

– Estou certo que lhe devemos um pedido de desculpas, senhora Toller – disse Holmes. – A senhora certamente esclareceu tudo o que nos preocupava. Aí vem o médico do condado e a senhora Rucastle. Acho, Watson, que é melhor levarmos a senhorita Hunter para Winchester, pois parece que a nossa permanência no local neste momento é altamente duvidosa.

E assim foi solucionado o mistério da casa sinistra com as faias roxas na frente. O senhor Rucastle sobreviveu, mas ficou para sempre um homem debilitado, mantido vivo somente pelos cuidados de sua dedicada esposa. Eles ainda moram com os seus velhos empregados, que provavelmente sabem tanto sobre o passado de Rucastle que ele acha difícil se separar deles. O senhor Fowler e a senhorita Rucastle se casaram, por licença especial, em Southampton, no dia seguinte ao da fuga, e ele agora foi designado pelo governo para um posto na ilha Maurício. Quanto à senhorita Violet Hunter, o meu amigo Holmes, para meu grande desapontamento, não manifestou mais nenhum interesse nela depois que deixou de ser o centro de um de seus problemas. Atualmente, ela é diretora de uma escola particular em Walsall, onde creio que se encontrou com considerável sucesso.

A Aventura do Carbúnculo Azul

Fui visitar o meu amigo Sherlock Holmes numa manhã, dois dias depois do Natal, com a intenção de desejar-lhe boas-festas. Ele estava deitado no sofá, com um roupão roxo, o porta-cachimbos à direita e uma pilha de jornais matutinos amassados, evidentemente revirados de cabo a rabo, ao alcance da mão. Ao lado do sofá, havia uma cadeira simples de madeira, com um chapéu-coco de feltro pendurado num dos cantos do encosto, muito sujo e fedorento, totalmente gasto pelo uso e rasgado em várias partes. Uma lupa e uma pinça deixadas sobre o assento da cadeira sugeriam que o chapéu havia sido colocado dessa maneira para ser examinado.

– Vejo que está ocupado – eu disse. – Não quero atrapalhar.

– De jeito nenhum. Fico feliz por ter um amigo com quem possa comentar as minhas conclusões. O caso é absolutamente banal – ele apontou com o polegar na direção do chapéu velho –, mas existem alguns pontos relacionados ao assunto que não são totalmente desprovidos de interesse e que poderiam até ser instrutivos.

Eu me sentei na poltrona e aqueci as mãos diante da lareira crepitante, pois uma forte geada estava caindo e os vidros das janelas estavam cobertos de cristais de gelo.

– Suponho – observei – que, por mais simples que pareça, essa coisa tenha ligação com alguma história terrível, ou é a pista que vai guiá-lo na resolução de algum mistério e à punição de algum crime.

– Não, não se trata de nenhum crime – disse Sherlock Holmes, rindo. – É apenas um desses pequenos incidentes insólitos que acontecem quando você tem quatro milhões de seres humanos se acotovelando uns aos outros num espaço de poucos quilômetros quadrados. No meio das ações e reações de um enxame tão denso de gente, toda combinação possível de eventos pode ocorrer, e podem surgir muitos probleminhas, que, apesar de serem surpreendentes e bizarros, não têm nada de criminosos. Já tivemos experiências assim.

– Muitas – observei. – Tanto que, dos seis últimos casos que acrescentei às minhas anotações, três estavam inteiramente desprovidas de qualquer crime previsto em lei.

– Exato. Você se refere à minha tentativa de recuperar os papéis de Irene Adler, ao caso singular da senhorita Mary Sutherland e à aventura do homem com a boca torta. Bem, não tenho dúvida de que este pequeno assunto entrará nessa mesma categoria de casos inocentes. Conhece Peterson, o comissário?

– Sim.

– É a ele que esse troféu pertence.

– O chapéu é dele?

– Não, não, ele o achou. O dono é desconhecido. Peço-lhe que não o veja como um chapéu-coco maltratado, mas como um problema intelectual. Para começar, saiba como chegou aqui. Veio na manhã do Natal, junto com um belo peru gordo, que neste momento, sem dúvida, está sendo assado em fogo brando pelo Peterson. Os fatos são estes: por volta das quatro horas da madrugada de Natal, Peterson, que como você sabe é um homem muito honesto, voltava de uma pequena comemoração e estava chegando em sua casa na Tottenham Court Road. Adiante, avistou, à luz do poste a gás, um homem alto, que caminhava um pouco cambaleante, carregando um peru branco pendurado no ombro. Ao chegar à esquina da Goodge Street, ocorreu um desentendimento entre esse estranho e um pequeno grupo de desocupados. Um deles derrubou o chapéu do homem, que levantou a bengala para se defender e, ao fazer isso, balançando-a sobre sua cabeça, despedaçou uma vitrine atrás de si. Peterson tinha corrido para acudir o estranho de seus agressores, mas o homem, chocado por ter quebrado a janela e vendo uma pessoa com uniforme policial apressando-se em direção a ele, deixou cair o peru, saiu correndo e desapareceu no labirinto de ruelas que existe na parte de trás da Tottenham Court Road. Os desocupados também fugiram com o aparecimento de Peterson, de modo que ele foi abandonado para tomar posse do campo de batalha e também dos despojos da vitória, na forma desse chapéu maltratado e do mais impecável peru de Natal.

– Que ele certamente devolveu ao dono?

– Meu caro amigo, é aí que mora o problema. É verdade que a expressão "Para a senhora Henry Baker" estava escrita num cartãozinho amarrado na perna esquerda da ave. Também é certo que as iniciais "H.B." são legíveis no forro desse chapéu. Mas, como existem milhares de moradores com o sobrenome Baker e algumas centenas de Henry Baker nesta cidade, não é fácil devolver um objeto perdido a um deles.

– E o que o Peterson fez, então?

– Ele trouxe para mim tanto o chapéu como o peru na manhã do Natal, sabendo que até mesmo os menores problemas me interessam. Guardamos o peru até esta manhã, quando apareceram sinais de que, apesar da friagem, seria bom devorá-lo sem atrasos desnecessários. Perterson levou-o, portanto, para cumprir o destino final de um peru nesta época do ano, enquanto eu fiquei com o chapéu do cavalheiro desconhecido que perdeu a ceia de Natal.

– E ele não reclamou, anunciando nos jornais?

– Não.

– Então, que pistas você tem com relação à identidade dele?

– Só o que podemos deduzir.

– A partir do chapéu?

– Exatamente.

– Está de brincadeira! O que você pode descobrir a partir deste resto de feltro rasgado?

– Aqui está a minha lupa. Você conhece os meus métodos. O que você consegue descobrir da personalidade do homem que usou esta mercadoria?

Peguei o objeto esfarrapado nas mãos e o revirei bastante constrangido. Era um chapéu-coco preto bem comum, da forma redonda habitual, endurecido e bastante desgastado pelo uso. O forro tinha sido de seda vermelha, mas estava muito desbotado. Não trazia o nome do fabricante, mas, como Holmes observara, as iniciais "H.B." estavam rabiscadas de um lado. Possuía orifícios para o prendedor de chapéu, mas estava sem o elástico. Quanto ao resto, estava rasgado, extremamente empoeirado e manchado em vários lugares, embora parecesse ter havido alguma tentativa de esconder as partes desbotadas manchando-as com tinta.

– Não consigo ver nada de mais – retruquei, devolvendo-o ao meu amigo.

– Muito pelo contrário, Watson, você consegue ver tudo. Falha, entretanto, em raciocinar a partir do que vê. Você é inocente demais na hora de fazer suas deduções.

– Então, por favor, diga o que você consegue deduzir a partir desse chapéu.

Ele pegou o objeto e examinou-o do jeito peculiar que lhe era característico.

– Talvez seja menos sugestivo do que poderia ter sido – ele observou –, mas ainda assim temos algumas deduções muito claras e outras que representam, no mínimo, fortes indícios. O fato de o homem ser altamente intelectual é óbvio ao olharmos isto, e também o fato de que ele foi bastante rico nos últimos três anos, embora atualmente enfrente dias ruins. Ele fora previdente, mas o é menos agora do que antes, o que aponta para um retrocesso moral, o que, quando considerado com o declínio de sua fortuna, parece indicar alguma influência maligna, provavelmente a bebida, atuando sobre ele. Isso também pode explicar o fato óbvio de que sua esposa deixou de amá-lo.

– Meu caro Holmes!

– Ele, no entanto, manteve algum grau de autoestima – ele continuou, desconsiderando o meu protesto. – É um homem que leva uma vida sedentária, sai pouco, está completamente fora de forma, é de meia-idade, tem cabelos grisalhos, que cortou nos últimos dias, e nos quais aplica uma pomada de brilhantina à base de creme de limão. Esses são os fatos mais evidentes que podem ser deduzidos de seu chapéu. Além disso, por sinal, é extremamente improvável que ele tenha gás instalado em casa.

– Você certamente está brincando comigo, Holmes.

– Não, de modo algum! Será possível que mesmo agora, quando eu lhe dou esses resultados, você não consegue ver como podem ser alcançados?

– Não tenho dúvida de que sou muito burro, mas devo confessar que não consigo acompanhar você. Por exemplo, como deduziu que esse homem era um grande intelectual?

Para responder, Holmes colocou o objeto na cabeça. O chapéu desceu pela testa e foi parar na ponta de seu nariz.

– É uma simples questão de volume, de capacidade cúbica – ele explicou. – Um homem com um intelecto tão grande deve ter algo dentro.

– E o declínio das finanças, então?

– Este chapéu tem três anos de idade. Essas pregas amassadas e dobradas na borda se formaram desde então. É um chapéu da melhor qualidade. Olhe para a faixa de seda com nervuras e o excelente revestimento. Se esse homem podia comprar um chapéu tão caro há três anos e não o trocou por outro, então é evidente que empobreceu.

– Bem, isso é bastante claro, com certeza. Mas e a previsão e o retrocesso moral?

Sherlock Holmes riu.

– Aqui está a previsão – ele disse mostrando com o dedo o pequeno furo para o prendedor de chapéu. – Nunca o elástico é vendido com o chapéu. Se este homem pediu isso, é sinal de uma certa previsão, já que ele teve a preocupação de tomar essa precaução contra o vento. Contudo, como vemos que ele estourou o elástico e não o substituiu, é óbvio que foi menos previdente agora do que antes, o que é uma prova clara de uma natureza enfraquecida. Por outro lado, ele tentou esconder algumas dessas manchas no feltro lambuzando-as com tinta, o que é um sinal de que não perdeu totalmente a autoestima.

– O seu raciocínio é certamente plausível.

– Os outros pontos, referentes à meia-idade, o cabelo grisalho, o corte recente e a brilhantina, foram todos deduzidos a partir do exame atento da parte interna inferior do forro. A lupa revela uma grande quantidade de pontas de fios de cabelo cuidadosamente cortados por tesouras de barbeiro. Todos parecem grudentos e nota-se o odor característico do creme de limão. Essa poeira, como você observará, não é o pó grosso e cinzento das ruas, mas a poeira fina marrom de casa, mostrando que o chapéu permanecia a maior parte do tempo pendurado no cabide dentro de casa, ao passo que as marcas de umidade na parte interna são prova positiva de que o usuário transpirava demais e que, portanto, dificilmente estaria em sua melhor condição de treinamento físico.

– Mas e a esposa, você disse que ela deixou de amá-lo.

– Este chapéu não é escovado há semanas. Se eu visse você, meu caro Watson, com um acúmulo de poeira de uma semana sobre o seu chapéu e se a sua esposa lhe permitisse sair em tal estado, eu suspeitaria que você também teria sofrido a desgraça de perder o carinho de sua esposa.

– Mas ele pode ser solteiro.

– Não, ele estava levando o peru para casa como uma oferta de paz para a esposa. Lembre-se do cartão na perna da ave.

– Você tem resposta para tudo. Mas como deduziu que ele não tem gás instalado em casa?

– Uma ou duas gotas de parafina podem cair por acaso, mas, quando vejo nada menos que cinco, acho que não há dúvida de que o indivíduo deve estar em contato frequente com velas acesas, por exemplo, ele caminha no andar de cima à noite, provavelmente com o chapéu em uma mão e uma vela gotejante na outra. De qualquer forma, ele jamais receberia gotas de parafina de um jato de gás. Está satisfeito?

– Bem, é muito engenhoso – reconheci, rindo. – Mas, como você disse há pouco, nenhum crime foi cometido, ninguém se prejudicou com a perda do peru e tudo isso me parece apenas um desperdício de energia!

Sherlock Holmes se preparava para responder quando a porta se abriu e Peterson, o comissário, entrou correndo no apartamento com as bochechas coradas e o rosto de um homem atordoado de espanto.

– O peru, senhor Holmes! O peru, senhor! – ele repetia, ofegante.

– Hein? O que foi? O que aconteceu com ele? Ressuscitou e saiu voando pela janela da cozinha? – Holmes virou-se no sofá para ver melhor o rosto do homem agitado.

– Olhe isto aqui, senhor! Veja o que minha esposa encontrou no bucho da ave! – Ele estendeu a mão e mostrou no meio da palma uma pedra azul cintilante, extremamente brilhante, bem menor que um feijão, mas com tanta pureza e esplendor que cintilava como um ponto elétrico na obscura cavidade de sua mão.

Sherlock Holmes se aprumou, soltando um assobio.

– Céus, Peterson! – ele disse. – É um tesouro de verdade. Por acaso sabe o que achou?

– Um diamante, senhor? Uma pedra preciosa. Corta vidro como se fosse massa.

– É mais do que "uma" pedra preciosa. É "a" pedra preciosa.

– Mas é o carbúnculo azul da condessa de Morcar! – exclamei.

– Exato. Sei do tamanho e da forma dessa pedra, pois ultimamente tenho lido todos os dias os anúncios classificados publicados no *Times* a respeito dela. É uma joia absolutamente única e só se conhece o seu valor estimado, mas a recompensa de mil libras que está sendo oferecida com certeza não é nem a vigésima parte do preço de mercado.

– Mil libras! Grande e misericordioso é o Senhor! – O comissário desabou numa cadeira, olhando estarrecido para um e para o outro.

– Essa é a recompensa e tenho motivos para saber que existem considerações sentimentais em segundo plano que induziriam a condessa a se desfazer de metade da sua fortuna para recuperar essa gema.

– Foi perdida, se bem me lembro, no Hotel Cosmopolitan – observei.

– Exato, em 22 de dezembro, apenas cinco dias atrás. John Horner, um encanador, foi acusado de ter subtraído o carbúnculo do porta-joias da senhora. As provas contra ele eram tão fortes que o caso foi encaminhado para o tribunal. Acho que eu tenho uma reportagem sobre o assunto aqui.

Ele revirou seus jornais, examinando as datas, até que finalmente separou um, alisou-o, dobrou-o ao meio e leu o seguinte parágrafo:

> *Roubo de Joia no Hotel Cosmopolitan. John Horner, de 26 anos, encanador, foi detido no último dia 22 sob a acusação de ter subtraído porta-joias da condessa de Morcar a preciosa gema conhecida como "carbúnculo azul". James Ryder, atendente-chefe do hotel, declarou que*

levou Horner até o quarto da condessa de Morcar no dia do assalto para que ele pudesse soldar a segunda barra da grade da lareira, que estava solta. Ele permaneceu algum tempo com Horner, mas depois foi atender a um chamado. Ao retornar, descobriu que Horner havia desaparecido, que uma escrivaninha tinha sido forçada e que um pequeno cofre no qual, logo se soube, a condessa costumava guardar suas joias, foi deixado vazio sobre a penteadeira. Ryder imediatamente deu o alarme e Horner foi preso na mesma noite, mas a pedra não foi encontrada nem com ele, nem em sua residência. Catherine Cusack criada da condessa, depôs dizendo ter escutado o grito de consternação de Ryder ao descobrir o roubo e que correu para o quarto, onde encontrou as coisas da maneira como foram descritas pela outra testemunha. O inspetor Bradstreet, da divisão B, relatou como ocorreu a prisão de Horner, que resistiu freneticamente e protestou sua inocência nos termos mais veementes. Tendo sido apresentada prova de uma condenação anterior por roubo contra o prisioneiro, o delegado se recusou a tratar do caso sumariamente, encaminhando-o para o tribunal. Horner, que demonstrou sinais de intensa emoção durante a audiência, desmaiou com a decisão e foi retirado da sala.

– Hum! Para a delegacia de polícia, assunto resolvido – disse Holmes pensativo, deixando o jornal de lado. – Para nós, a questão agora é elucidar a sequência de eventos que vão de uma joia furtada numa ponta ao bucho de um peru recolhido na Tottenham Court Road na outra. Como vê, Watson, as nossas pequenas deduções de repente ganharam uma importância muito maior e bem menos inocente. Aqui está a pedra, a pedra veio do peru, o peru veio do senhor Henry Baker, o cavalheiro do chapéu velho com todas as características com as quais o aborreci. Agora, precisamos levar muito a sério a tarefa de encontrar esse cavalheiro e determinar o papel que ele desempenhou nesse pequeno mistério. Para fazer isso, primeiro devemos tentar o meio mais simples que, sem dúvida, consiste em publicar um anúncio classificado em todos os jornais vespertinos. Se isso falhar, recorrerei a outros métodos.

– O que você vai dizer?

– Pegue um lápis e essa folha de papel. Então, vejamos: "Encontrados na esquina da Goodge Street, um peru e um chapéu de feltro preto. O senhor Henry Baker poderá reavê-los apresentando-se às dezoito e trinta na Baker Street, número 221B". Ficou bem claro e conciso.

– Concordo. Mas será que ele vai ver?

– Bem, com certeza ele está de olho nos jornais, pois, para um homem pobre, a perda foi pesada. Ele ficou tão visivelmente assustado com o azar de ter quebrado a janela e com a aproximação de Peterson que não pensou em mais nada a não ser na fuga, mas desde então deve estar amargamente arrependido pelo impulso que o fez soltar a ave. Porém, a menção ao seu nome fará com que, mesmo que ele não veja o anúncio classificado, alguém o avise. Pegue isto, Peterson, leve à agência de publicidade e mande publicar nos jornais vespertinos.

– Em quais deles, senhor?

– Ora! No *Globe*, *Star*, *Pall Mall*, *St. James*, *Evening News Standard*, *Echo* e todos os outros que lhe ocorrerem.

– Muito bem, senhor. E essa pedra?

– Ah, sim! Eu guardarei a pedra. Obrigado. Além disso, Peterson, compre um peru quando estiver voltando e deixe-o aqui comigo, pois precisaremos de um para dar a esse cavalheiro no lugar daquele que a sua família está devorando agora.

Quando o comissário saiu, Holmes pegou a pedra e a segurou contra a luz.

– É muito bonita – ele disse. – Veja só como é brilhante, faiscante. Claro que é alvo e foco do crime. Toda pedra preciosa é. São as iscas prediletas do diabo. Nas joias maiores e mais antigas, cada faceta pode representar uma ação sangrenta. Esta pedra ainda não tem 20 anos. Foi encontrada às margens do rio Amoy, no sul da China, e é notável porque tem todas as características do carbúnculo, exceto pelo tom de azul em vez do vermelho rubi. Apesar da pouca idade, já tem uma história sinistra: dois assassinatos, um ataque de vitrificação, um suicídio e vários assaltos foram provocados por causa deste pedaço de carvão cristalizado de 40 grãos ou 12 quilates. Quem pensaria que um brinquedo tão bonito seria fornecedor de gente para a forca e a prisão? Vou trancá-la no meu cofre-forte agora e enviar uma mensagem para a condessa dizendo que a joia está conosco.

– Acha que esse tal de Horner é inocente?

– Não posso afirmar nada.

– Bem, então, você imagina que esse outro, o Henry Baker, tenha algo a ver com o assunto?

– Penso que é bem mais provável que Henry Baker seja um homem absolutamente inocente, que não tinha ideia de que a ave que estava carregando era consideravelmente mais valiosa do que se fosse feita de ouro maciço. Devo confirmar isso por meio de um teste muito simples se tivermos resposta para o nosso anúncio classificado.

– E por enquanto, você não pode fazer nada?

– Nada.

– Nesse caso, continuarei com as minhas consultas. Mas voltarei mais tarde, no horário que você mencionou, pois gostaria de ver a solução desse caso tão complicado.

– Será um prazer recebê-lo. Eu janto às sete. Teremos galinha-d'angola, acredito eu. Por sinal, tendo em vista os acontecimentos recentes, talvez seja melhor pedir à senhora Hudson que examine o bucho da ave...

Demorei no atendimento de um caso e passava um pouco das seis e meia quando cheguei à Baker Street mais uma vez. Quando me aproximei da casa, vi um homem alto usando boina escocesa e casaco abotoado até o queixo, aguardando do lado de fora no semicírculo brilhante formado pela luz da entrada. Assim que cheguei, a porta foi aberta e fomos recebidos juntos na sala do Holmes.

– É o senhor Henry Baker, eu presumo – ele disse, levantando-se da poltrona e cumprimentado o visitante com aquele ar espontâneo de hospitalidade que ele tão facilmente sabia demonstrar. – Por favor, sente-se nesta cadeira perto da lareira, senhor Baker. Está uma noite fria e observo que a sua circulação está mais adaptada ao verão que ao inverno. Ah, Watson! Você chegou na hora certa. Este é o seu chapéu senhor Baker?

– Sim, senhor, sem dúvida é o meu chapéu.

Ele era um homem forte, de ombros pesados, a cabeça grande, o rosto largo e inteligente, afinado por cavanhaque pontudo, castanho e grisalho. O toque corado no nariz e nas bochechas, com um leve tremor na mão estendida, justificava a suposição de Holmes sobre seus hábitos. O casaco preto desbotado, com a gola levantada, estava abotoado até em cima, e seus pulsos magros sobressaíam das mangas sem nenhum sinal de punhos ou de camisa. Ele falava num tom de voz baixo e hesitante, escolhendo as palavras com cuidado, dando a impressão geral de ser um homem instruído e até bem-educado, mas um tanto maltratado pelo destino.

– Guardamos essas coisas por alguns dias – disse Holmes – porque esperávamos ver publicado um anúncio classificado com o seu endereço. Não entendo por que você mesmo não fez isso.

Nosso visitante sorriu bastante envergonhado.

– Não tenho mais tantos xelins como antes – ele observou. – Eu não tinha dúvida de que o bando de desocupados que me assaltou havia ficado com o meu chapéu e a ave. Não queria perder mais dinheiro numa tentativa desesperada de recuperá-los.

– Naturalmente. Aliás, a respeito da ave, fomos obrigados a comê-la.

– Foram obrigados a comê-la! – O visitante quase se levantou de sua cadeira em sua agitação.

– Sim! Não teria sido útil a ninguém se não tivéssemos feito isso. Mas presumo que este outro peru que está em cima do aparador, que é quase do mesmo peso e está perfeitamente fresco, servirá para o seu propósito tão bem quanto o primeiro.

– Ora, certamente, certamente! – respondeu o senhor Baker com um suspiro de alívio.

– Claro, ainda temos as penas, as pernas, o bucho e os miúdos da sua própria ave, então, se desejar...

O homem deu uma boa risada.

– Essas coisas poderiam ser úteis para mim como recordação da minha aventura – ele disse –, mas, fora disso, não consigo ver que utilidade mortais *disjecta membra* teriam para mim. Não, senhor, obrigado. Acho que, com a sua permissão, vou limitar as minhas atenções à excelente ave que percebo no aparador.

Sherlock Holmes olhou de modo significativo para mim, dando de ombros quase imperceptivelmente.

– Muito bem, cá estão o seu chapéu e a sua ave – ele disse. – A propósito, se importaria de me dizer onde conseguiu o outro peru? Sou apreciador da criação de aves e raras vezes vi um peru melhor.

– Mas é claro, senhor – disse Baker, que havia se levantado e colocado a ave que acabara de ganhar debaixo do braço. – Eu e alguns amigos frequentamos o Alpha Inn, perto do Museu. Inclusive, como você pode muito bem compreender, é possível nos encontrar no próprio Museu durante o dia. Este ano, o nosso bom anfitrião, de nome Windigate, instituiu um clube do peru, pelo qual, em troca de alguns poucos centavos por semana, cada um de nós receberia uma ave no Natal. Paguei devidamente a minha cota e o resto é do seu conhecimento. Fico muito agradecido ao senhor, porque a boina escocesa não é adequada nem à minha idade, nem à minha personalidade.

Com cômica pomposidade, ele se curvou solenemente para nós dois e seguiu seu caminho.

– No que diz respeito ao senhor Henry Baker – disse Holmes após fechar a porta atrás dele –, é certo que ele não sabe nada sobre o assunto. Está com fome, Watson?

– Não particularmente.

– Então, sugiro adiarmos o jantar para a ceia, para seguirmos essa pista enquanto ainda está quente.

– Claro.

Era uma noite gelada, então pusemos os nossos sobretudos e enrolamos os cachecóis no pescoço. Lá fora, as estrelas brilhavam frias num céu sem nuvens, e o hálito que saía da boca dos transeuntes explodia no ar como a fumaça nos disparos de uma pistola. Os nossos passos ecoavam alto na calçada quando atravessamos o quarteirão dos médicos, seguindo a Wimpole Street, a Harley e depois pela Wigmore até chegarmos à Oxford Street. Em 15 minutos estávamos no Alpha Inn, em Bloomsbury. É um pequeno bar e café na esquina de uma rua que corre para Holborn. Holmes se aproximou do balcão e pediu dois copos de cerveja ao dono do estabelecimento, de rosto corado e avental branco.

– A sua cerveja deve ser ótima se for tão boa quanto os seus perus – Holmes comentou.

– Os meus perus? – o homem se surpreendeu.

– Sim. Há pouco eu conversava com o senhor Henry Baker, que é membro do seu clube do peru.

– Ah! Sim, entendo. Mas, veja bem, senhor, os perus não são meus.

– É mesmo? De quem seriam, então?

– Bem, comprei as duas dúzias de um vendedor em Covent Garden.

– É mesmo? Conheço alguns deles. Quem foi?

– Breckinridge é o nome dele.

– Ah! Não o conheço. Bem, à sua saúde, senhorio, e à prosperidade em sua casa. Boa noite.

"Agora, quanto ao senhor Breckinridge – ele continuou, abotoando o casaco enquanto saíamos no ar gelado. – Lembre-se,

Watson, de que, embora tenhamos numa ponta dessa história uma coisa tão banal quanto um peru, na outra temos um homem que certamente será condenado a sete anos de trabalhos forçados a menos que possamos provar sua inocência. É possível que a nossa investigação confirme a culpa dele, mas, de qualquer modo, temos uma linha de investigação que a polícia não encontrou e que por um acaso singular veio parar em nossas mãos. Vamos segui-la até o fim. Para o sul, então, e a passo acelerado!"

Passamos por Holborn, descendo Endell Street e seguimos em ziguezague pelos cortiços até o mercado de Covent Garden. Uma das maiores bancas tinha o nome de Breckinridge no cartaz e o proprietário, um homem com cara de cavalo, olhar esperto e costeletas bem aparadas, ajudava um menino a abrir as cortinas.

– Boa noite! Que noite fria – disse Holmes.

O comerciante concordou com a cabeça e lançou um olhar interrogativo ao meu companheiro.

– Pelo que vejo, você não tem mais perus – Holmes prosseguiu, apontando para as prateleiras de mármore vazias.

– Posso lhe vender 500 amanhã cedo.

– Não vai adiantar.

– Bem, tem mais uma banca perto do lampião de gás.

– Ah, mas me recomendaram você.

– Quem?

– O dono do Alfa.

– Oh, sim, forneci duas dúzias a ele.

– Também eram ótimas aves. De onde vieram?

Para minha surpresa, a pergunta provocou uma explosão de raiva no comerciante.

– Escute aqui, senhor – ele disse, com a cabeça inclinada e os braços abertos –, aonde está querendo chegar? Vamos esclarecer isso agora.

– Estou sendo bastante claro. Eu gostaria de saber quem vendeu os perus que você forneceu ao Alpha.

– Pois bem, não quero dizer. Aí está!

– Ora, é algo que não tem a menor importância. Não sei por que você se esquentou por tão pouco.

– Esquentado! Você também ficaria muito esquentado se fosse tão incomodado como estou sendo. Quando pago um bom dinheiro por uma boa mercadoria, o negócio está fechado e pronto. Mas ficar ouvindo o tempo todo "onde estão os perus?", "para quem você vendeu os perus?" e "quanto vai querer pelos perus?", sinceramente... Até parece que eram os únicos perus do mundo, para se fazer tanto barulho em torno deles.

– Bem, garanto não tenho nenhuma ligação com as outras pessoas que lhe fizeram perguntas – disse Holmes desinteressado. – Se você não quer falar, desisto da aposta, isso é tudo. Mas estou sempre disposto a apostar o meu conhecimento quanto a aves, e aposto cinco libras que a ave que comi foi produzida no campo.

– Bem, então, você perdeu suas cinco libras, pois trata-se de uma ave criada na cidade – disse o vendedor.

– Não acredito, não é do tipo.

– Afirmo que é.

– Não posso acreditar.

– Você acha que entende mais de aves do que eu, que lido com elas desde que era pirralho? Eu lhe digo que todas os perus que foram para o Alfa foram criados na cidade de Londres.

– Você jamais me convencerá a acreditar nisso.

– Quer apostar, então?

– Seria o mesmo que simplesmente tomar seu dinheiro, pois sei que tenho razão. Mas vou apostar um soberano, só para lhe ensinar a não ser teimoso.

O vendedor riu a valer.

– Traga os livros, Bill – ele disse.

O garoto trouxe um pequeno caderno fino e outro maior, de capa engordurada, e colocou-os juntos sob a claridade de uma lamparina pendurada.

– Agora, senhor Convencido – disse o vendedor –, achei que não tinha mais perus na banca, mas acho que ainda tenho um na minha loja. Está vendo essa caderneta?

– E daí?

– Essa é a lista das pessoas de quem eu compro. Está vendo? Bem nesta página estão as pessoas do campo, e os números depois dos nomes são das contas que estão no livro maior. Então, viu esta outra página em tinta vermelha? Bem, essa é a lista dos fornecedores da cidade. Agora, olhe esse terceiro nome. Leia para mim.

– Senhora Oakshott, Brixton Road, 117... 249 – Holmes leu.

– Muito bem. Agora, abra no livro maior.

Holmes virou na página indicada.

– Aqui está, senhora Oakshott, Brixton Road, 117, fornecedora de aves e ovos.

– Agora, qual foi a última entrada?

– Dia 22 de dezembro. Vinte e quatro perus, por 7 xelins e 6 pennies.

– Muito bem. E embaixo?

– Vendidos para o senhor Windigate, do Alfa, por 12 xelins.

– O que tem a dizer agora?

Sherlock Holmes parecia profundamente aborrecido. Tirou um soberano do bolso e jogou-o sobre o balcão, afastando-se com o ar de um homem cujo desgosto é profundo demais para palavras. A poucos metros de distância, ele parou sob um lampião e riu à vontade, do jeito tranquilo que lhe era característico.

– Quando você vê um homem com costeletas aparadas e um folheto de loteria saindo do bolso, pode sempre desafiá-lo para uma aposta – ele falou.

"Eu diria que, se tivesse colocado 100 libras na frente dele, esse homem não teria me dado informações tão completas como as que conseguimos pela simples ideia de que estava apostando comigo. Bem, Watson, acho que estamos nos aproximando do fim da nossa missão, e a única questão a resolver é se vamos continuar com esta senhora Oakshott hoje à noite ou se devemos deixá-la para amanhã. Ficou claro, pelo que nos disse aquele indivíduo ranzinza, que além de nós existem outros interessados nesse assunto, e eu deveria..."

De repente, as observações dele foram interrompidas por uma confusão que estourou na banca da qual havíamos acabado de sair. Ao darmos a volta, vimos um sujeito pequeno com cara de rato no meio do círculo de luz amarela projetado pelo lampião que balançava, enquanto Breckinridge, o comerciante, plantado na entrada de sua banca, ameaçava com os punhos cerrados a figura encolhida do outro.

– Já estou farto de você e seus perus – ele esbravejava. – Quero que todos vão para os diabos! Se voltarem a me incomodar de novo com essa conversa fiada, solto o cachorro em cima de você. Traga a senhora Oakshott aqui que eu respondo a ela. Mas o que você tem a ver com isso? Por acaso comprei os perus de você?

– Não, mas um deles realmente era meu – lamentou o homenzinho.

– Bem, então entenda-se com a senhora Oakshott sobre isso.

– Ela me disse para lhe perguntar.

– Bem, vá se queixar ao rei da Prússia, porque eu não me importo. Basta. Suma daqui. – Ele avançou furioso atrás do bisbilhoteiro, que desapareceu correndo na escuridão.

– Ah! Isso pode nos poupar uma visita à Brixton Road – sussurrou Holmes. – Venha comigo e veremos o que podemos tirar desse sujeito.

Avançando a passos largos entre os pequenos grupos dispersos de pessoas que se debruçavam em torno das bancas, Holmes rapidamente alcançou o homenzinho e tocou no ombro dele, que se assustou. À luz do gás, notei que todo o vestígio de cor havia desaparecido de seu rosto.

– Então, quem é você? O que deseja? – o homem perguntou com a voz trêmula.

– Por favor, me desculpe – disse Holmes calmamente –, mas não pude deixar de ouvir as perguntas que você fez ao comerciante agora há pouco. Talvez eu possa ajudá-lo.

– Você? Quem é você? Do que está sabendo?

– O meu nome é Sherlock Holmes e o meu negócio é saber o que as outras pessoas não sabem.

– Mas você não tem como saber de nada sobre isso.

– Desculpe-me, mas sei de tudo. Você está tentando encontrar alguns perus vendidos pela senhora Oakshott, da Brixton Road, a um comerciante chamado Breckinridge, que, por sua vez, vendeu-os ao senhor Windigate, do Alpha Inn e este, aos membros de seu clube, do qual faz parte o senhor Henry Baker.

– Ora! O senhor é mesmo a pessoa que eu precisava encontrar – exclamou o sujeitinho com as mãos estendidas e os dedos trêmulos. – É difícil explicar a importância que tal assunto tem para mim.

Sherlock Holmes chamou uma carruagem de aluguel que estava passando.

– Nesse caso, é melhor conversaremos sobre isso numa sala aconchegante em vez deste mercado exposto ao vento – ele propôs. – Mas, diga-me, antes de irmos, a quem tenho o prazer de ajudar.

O homem hesitou por um instante.

– O meu nome é John Robinson – ele respondeu com um olhar de soslaio.

– Não, não, o nome verdadeiro – disse Holmes, complacente. – É muito desagradável fazer negócios com alguém que usa nome falso.

Um rubor cobriu as bochechas brancas do desconhecido.

– Pois bem, então – ele disse –, o meu nome verdadeiro é James Ryder.

– Exatamente, atendente-chefe do Hotel Cosmopolitan. Por favor, suba na carruagem e logo lhe contarei tudo o que você deseja saber.

O homenzinho ficou olhando para um e para o outro, meio desconfiado, meio esperançoso, como alguém que não tinha certeza se estava à beira do triunfo ou da catástrofe. Por fim, entrou na carruagem e, em meia hora, voltamos à sala de estar da Baker Street. Nada foi dito durante o trajeto, mas a respiração ofegante do nosso novo companheiro e o contínuo movimento de apertar e soltar as mãos denunciavam a tensão nervosa que o assolava.

– Cá estamos! – disse Holmes alegremente quando entramos na sala. – A lareira é muito agradável nesta época. Você parece estar com frio, senhor Ryder. Por favor, sente-se na cadeira de vime. Vou colocar os meus chinelos antes de resolver esse seu pequeno problema. Pois bem! Então, quer saber o que aconteceu com aqueles perus?

– Sim, senhor.

– Ou melhor, imagino que deveríamos dizer o que aconteceu com "aquele" peru. Acho que a ave que lhe interessava era branca com uma listra preta na cauda.

Ryder tremeu de emoção.

– Oh, senhor! – ele exclamou – Pode me dizer onde ela foi parar?

– Veio para cá.

– Para cá?

– Sim! E se mostrou uma ave maravilhosa. Não me admiro de você se interessar tanto por ela, considerando que botou um ovo depois de morta. O menor ovo azul, o mais bonito, mais precioso e mais brilhante jamais visto. Está aqui mesmo, guardado no meu acervo.

Apoiando-se na lareira com a mão direita ao levantar, o visitante cambaleou. Holmes destrancou seu cofre e mostrou o carbúnculo azul, que brilhava como uma estrela, com seu resplendor frio irradiando em todas as direções. Ryder fitava a pedra estonteado, sem saber se deveria reclamá-la ou fingir que não a reconhecia.

– Acabou a brincadeira, Ryder – disse Holmes, tranquilo. – Aguente firme, homem, ou vai cair no fogo da lareira! Ajude-o a sentar-se, Watson. Ele não tem sangue-frio suficiente para praticar crimes e se safar impunemente. Ofereça-lhe uma dose de conhaque. Ah! Agora parece um pouco mais animado. Mas que cara mais medroso!

Por um momento ainda, ele cambaleou e quase caiu, mas o conhaque deixou suas bochechas coradas. Ele sentou-se olhando assustado para o acusador.

– Já tenho nas mãos quase todos os elementos e as provas de que posso precisar. Então, falta pouca coisa para você me contar. No entanto, esse resto também deve ser esclarecido para fechar o caso por completo. Por acaso, Ryder, já ouviu falar desta pedra azul da condessa de Morcar?

– Foi Catherine Cusack quem me falou dela – ele respondeu balbuciando.

– Entendi, a criada da condessa. Bem, a tentação da riqueza fácil, de um só golpe, foi demais para você, assim como antes foi para outros homens até melhores que você, embora você não tenha sido muito escrupuloso nos meios utilizados. Parece-me, Ryder, que há um belo vilão se formando dentro da sua pessoa. Você já sabia que esse encanador, o Horner, tinha praticado algum delito antes e que as suspeitas recairiam tranquilamente sobre ele. Então, o que fez? Você e a sua cúmplice, Cusack, arranjaram um pequeno conserto a ser feito no quarto da senhora condessa e você também providenciou pessoalmente para que Horner fosse o funcionário designado para realizá-lo. Então, depois que ele foi embora, você forçou o porta-joias, deu o alarme e deixou o infeliz ser preso no seu lugar. Daí, você...

Ryder, de repente, se ajoelhou no tapete e suplicou que o meu amigo o poupasse.

– Pelor amor de Deus, tenha piedade de mim! – ele implorou. – Pense no meu pai, na minha mãe! Isso partiria o coração deles. Nunca tinha feito nada de errado antes, e jamais voltarei a fazê-lo. Eu juro, eu juro sobre a Bíblia. Oh, não leve isso aos tribunais! Pelo amor de Deus, não!

– Volte para a sua cadeira! – Holmes ordenou, secamente. – É muito fácil você se arrepender e rogar piedade agora, mas não pensou nem um pouco no pobre Horner, que está preso por um crime que não cometeu e do qual nada sabia.

– Eu fujo, vou embora, senhor Holmes, sumo do país, senhor. Assim a acusação contra ele será anulada.

– Hum! Depois conversaremos sobre isso. Por enquanto, queremos saber a verdade sobre o segundo ato. Como é que a pedra foi parar no bucho do peru e como é que o peru foi parar no mercado? Conte-nos a verdade, pois ela é a sua única tábua de salvação.

Ryder passou a língua nos lábios ressequidos.

– Vou contar o que aconteceu, senhor – ele disse. – Quando Horner foi preso, pareceu-me que seria melhor sair logo com a pedra, pois eu não sabia em que momento a polícia se lembraria de me procurar e dar uma busca no meu quarto. Não havia lugar seguro no hotel. Saí como se estivesse cumprindo alguma tarefa e fui para a casa da minha irmã. Ela é casada com um homem chamado Oakshott e mora na Brixton Road, onde eles criam aves para o mercado. No caminho, todo mundo que eu via parecia um policial ou um detetive e, apesar de ser uma noite fria, o suor escorria pelo meu rosto antes mesmo de eu chegar à Brixton Road. A minha irmã perguntou-me qual era o problema e por que eu estava tão pálido, mas respondi que estava chateado com o roubo da joia no hotel. Então, entrei no quintal e fumei meu cachimbo, considerando o que seria o melhor a fazer.

"Eu tinha um amigo chamado Maudsley, que foi para o lado do mal e acabara de cumprir pena em Pentonville. Um dia, nos encontramos e ele me contou como ladrões se livram dos objetos que roubam. Eu sabia que ele seria sincero comigo e que não me entregaria, porque eu conhecia uma ou duas coisas a respeito dele. Resolvi ir direto para Kilburn, onde ele morava, para contar o que aconteceu. Ele me mostraria como transformar a pedra em dinheiro. Mas como chegar lá em segurança? Pensei na agonia que tinha passado para sair do hotel. Eu poderia ser procurado e apanhado a qualquer momento e estaria com a pedra no bolso do meu colete. Nesse momento, estava encostado na parede e olhava para os perus que estavam aos meus pés. De repente, surgiu uma ideia que me mostrava como eu poderia despistar até o melhor dos detetives.

"A minha irmã tinha me falado algumas semanas antes que eu poderia escolher um peru como presente de Natal, e eu sabia que ela sempre honrava sua palavra. Eu pegaria o meu peru e o levaria para a casa do meu amigo em Kilburn. Havia um pequeno galpão no quintal e para lá enxotei uma das aves, um peru bem grande, branco, com uma listra na cauda. Peguei-o e, abrindo-lhe o bico, enfiei-lhe a pedra goela abaixo, até onde o meu dedo alcançava. Mas o bicho teve um espasmo e eu senti a pedra descer a garganta e o longo pescoço até cair no bucho. A criatura começou a lutar batendo as asas, até que a minha irmã veio ver o que estava acontecendo. Quando eu me virei para falar com ela, o bicho se soltou e voou para o meio dos outros.

"'O que você estava fazendo com essa ave, Jim?', ela me perguntou.

"'Bem', eu respondi, 'você disse que me daria um peru para o Natal, e estava vendo qual era o bicho mais gordo.'

"'Ora', ela disse, 'já separamos um para você... nós o chamamos de a 'ave do Jim'. É aquele peru branco grande ali. Temos ao todo 26, um para você, um para nós e duas dúzias para o mercado.'

"'Obrigado, Maggie', agradeci, 'mas, se você não se importa, eu prefiro ficar com aquele mesmo que estava vendo há pouco.'

"'O outro é melhor, bem mais pesado', ela disse, 'e nós o engordamos exclusivamente para você.'

"'Não importa, quero o outro e vou pegá-lo agora mesmo', eu disse.

"'Ora, se é assim que prefere', ela concordou um pouco ofendida, 'qual vai querer, então?'

"'Aquele branco com a cauda listrada, bem no meio do bando.'

"'Pois bem, abata-o e pode levá-lo com você.'

"Bem, fiz o que ela disse, senhor Holmes e carreguei a ave até Kilburn. Contei ao meu amigo o ocorrido, porque ele era um homem a quem era fácil contar coisas assim. Ele riu até engasgar. Pegamos uma faca e abrimos o peru. O meu coração gelou, pois não havia nem sinal da pedra, e eu percebi que havia ocorrido um terrível engano. Deixei a ave, voltei apressado para a minha irmã e corri para o quintal. Não havia mais nenhuma ave lá.

"'Para onde elas foram, Maggie?', gritei.

"'Foram para o comerciante no mercado, Jim.'

"'Para qual comerciante?'

"'Breckinridge, do Covent Garden.'

"'Além daquele que escolhi, havia outro peru com a cauda listrada?, perguntei.'

"'Sim, Jim, eram dois perus listrados e eu nunca consegui separá-los.'

"Então, é claro, entendi tudo e corri o mais depressa que pude até a banca do Breckinridge, mas ele havia vendido o lote de uma só vez e por nada nesse mundo quis me contar para quem as aves foram vendidas. Vocês o ouviram hoje. Bem, ele sempre me responde daquela maneira. A minha irmã achou que eu estava enlouquecendo. Às vezes penso o mesmo. E agora virei um ladrão conhecido, sem nunca ter tocado na riqueza pela qual perdi a minha honra. Deus me ajude! Deus me ajude! – E explodiu em soluços convulsivos, com o rosto enterrado nas mãos.

Houve um longo silêncio, quebrado apenas pela respiração forçada dele e pelo tamborilar da ponta dos dedos de Sherlock Holmes sobre a borda da mesa. Então, o meu amigo se levantou e abriu a porta.

– Saia! – ele disse.

– Como assim, senhor? Oh! Deus o abençoe!

– Nem mais um pio. Fora daqui!

E não foram necessárias mais palavras. Houve uma corrida impulsiva, ruídos nas escadas, o estrondo da porta e o som de passos em disparada pela rua.

– Afinal de contas, Watson – disse Holmes, estendendo a mão para pegar o cachimbo de argila –, não sou pago pela polícia para suprir suas deficiências. Se Horner estivesse correndo perigo, seria diferente, mas, considerando que esse sujeito, o Ryder, jamais testemunhará contra ele, o processo não terá continuidade. Suponho que eu esteja transgredindo a lei ao acobertar um delinquente, mas também é possível que esteja salvando uma boa alma. Esse sujeito nunca mais vai fazer nada errado, de tão apavorado que está. Se o mandarmos para a prisão agora, ele se tornará um bandido para o resto da vida. Além disso, esta época do ano é um tempo de perdão. O acaso colocou em nosso caminho um problema ao mesmo tempo curioso e até engraçado. Resolvemos o mistério e, desta vez, a própria solução do caso foi uma boa recompensa para nós. Se você tiver a bondade de tocar a sineta, doutor, vamos começar uma nova investigação, na qual uma ave também será o foco!

A Aventura do Polegar do Engenheiro

De todos os problemas apresentados ao meu amigo Sherlock Holmes para resolução durante os anos de nossa convivência, somente dois chegaram ao conhecimento dele por meu intermédio: o do polegar do senhor Hatherley e o da loucura do coronel Warburton. Dos dois, o último talvez tenha proporcionado um campo maior para um observador perspicaz e original, mas o primeiro foi tão estranho de início e tão dramático nos detalhes que talvez valha mais a pena ser relatado, ainda que tenha dado menos oportunidades a meu amigo para os métodos dedutivos de raciocínio com os quais ele conseguia resultados tão notáveis. Creio que a história foi narrada mais de uma vez nos jornais, mas, como em todas essas narrativas, seu efeito tem muito menos impacto quando colocado num bloco em meia coluna impressa do que quando os fatos evoluem lentamente diante dos seus próprios olhos e o mistério é gradativamente esclarecido à medida que cada nova descoberta fornece um passo que acaba levando à verdade completa. Na ocasião, as circunstâncias me deixaram muito impressionado, e o decurso de dois anos quase não enfraqueceu o efeito.

Foi no verão de 1889, pouco depois de meu casamento, que ocorreram os eventos que vou resumir. Eu voltara a exercer minha profissão civil e, enfim, deixara Holmes em seus aposentos na Baker Street, embora o visitasse com frequência e eventualmente até o convencesse a abandonar seus hábitos boêmios a ponto de vir nos ver. A minha clínica havia crescido muito e, como eu não morava muito longe da Paddington Station, tinha como pacientes alguns funcionários de lá. Um deles, que eu havia curado de uma enfermidade dolorosa e de longa duração, não se cansava de apregoar as minhas virtudes e de me mandar todos os sofredores sobre os quais tinha alguma influência.

Certa manhã, pouco antes das sete horas, fui acordado pela empregada batendo à porta para anunciar que dois homens haviam chegado de Paddington e esperavam no consultório. Vesti-me às pressas, pois sabia por experiência que casos da ferrovia raramente eram banais, e segui depressa escada abaixo. Conforme descia, rumo ao consultório, encontrei o meu velho aliado, o guarda, que saiu da sala de espera, fechando bem a porta logo atrás de si.

– Eu o trouxe para cá – murmurou, apontando com o polegar por cima do ombro. – Ele está bem.

– Como assim? – perguntei, pois seus gestos sugeriam que ele havia encarcerado alguma criatura estranha na minha sala.

– É um paciente novo – ele cochichou. – Achei que devia acompanhá-lo pessoalmente até aqui, assim ele não poderia escapar. Então, cá está ele, são e salvo. Preciso ir agora, doutor, tenho os meus afazeres, tanto como o senhor. – E ele partiu, sem sequer me dar tempo de lhe agradecer.

Entrei no consultório e encontrei um cavalheiro sentado à mesa. Estava vestido sobriamente, com um terno de *tweed* mesclado e um boné de tecido macio, que tirou e deixou em cima de meus livros. Uma das mãos estava enrolada num lenço todo manchado de sangue. Ele era jovem, não tinha mais que 25 anos, eu diria, e seu rosto era forte e masculino; mas ele estava extremamente pálido, e tive a impressão de se tratar de um homem que estava profundamente agitado e que usava toda sua força de vontade para se controlar.

– Sinto muito acordá-lo tão cedo, doutor – ele disse. – Mas sofri um acidente muito sério durante a noite. Vim de trem hoje de manhã e, quando perguntei em Paddington onde poderia encontrar um médico, um camarada muito amável me trouxe aqui. Dei um cartão à criada, mas vejo que ela o deixou em cima daquela mesinha.

Peguei o cartão, com o nome, a profissão e o endereço do meu paciente matutino: “Senhor Victor Hatherley, engenheiro hidráulico, Victoria Street, 16-A (3º andar)”.

– Desculpe por tê-lo feito esperar – eu disse, sentando na minha poltrona. – Você acaba de chegar de uma viagem noturna, pelo que diz, o que por si só é uma ocupação monótona.

– Ora, a noite que passei jamais poderia ser chamada de monótona – ele respondeu, rindo. E continuou rindo alto, num tom esganiçado, recostando-se na cadeira e sacudindo-se por inteiro. Todos os meus instintos de médico se indignaram contra essas gargalhadas.

– Pare! – gritei. – Controle-se! – Enchi um copo com a água de uma garrafa.

De nada adiantou, entretanto. Era uma daquelas explosões histéricas que acontecem com uma personalidade forte quando passa uma crise grave. Por fim, ele voltou a si, muito esgotado e pálido.

– Fiz papel de idiota – ele disse, arfando.

– De modo algum. Tome isto. – Derramei um pouco de conhaque na água dele, e a cor começou a voltar ao seu rosto.

– Já estou melhor! – ele agradeceu. – Então, doutor, tenha a bondade de tratar do meu polegar, ou melhor, do lugar onde ficava o meu polegar.

Ele desenrolou o lenço e estendeu a mão. Até os meus nervos empedernidos estremeceram. Quatro dedos se projetaram e havia uma horrenda superfície vermelha e esponjosa onde deveria existir o polegar. O dedão havia sido brutalmente cortado ou arrancado pela raiz.

– Céus! – exclamei. – Que ferimento horrível! Deve ter sangrado muito.

– Sim, sangrou. Desmaiei quando aconteceu e acho que fiquei desacordado muito tempo. Quando voltei a mim, vi que ainda estava sangrando. Então, enrolei o lenço bem apertado no pulso, prendendo com uma vareta.

– Ótimo! O senhor deveria ter se formado cirurgião.

– É apenas uma questão de hidráulica, como pode ver, e essa área eu domino.

– Isso foi causado – comentei enquanto examinava a ferida – por um instrumento pesado e afiado.

– Como um cutelo de açougueiro.

– Presumo que tenha sido acidente.

– De maneira nenhuma.

– Como assim? Algum ataque homicida?

– Decididamente homicida.

– O senhor está me deixando apavorado.

Limpei a ferida, lavei-a e, por fim, fiz um curativo, cobrindo-a com lâminas de algodão e ataduras esterilizadas. Ele aguentou tudo sem reclamar, embora mordesse o lábio de vez em quando.

– Que tal? – perguntei ao terminar.

– Ótimo! Com o conhaque e o curativo, já me sinto um novo homem. Eu estava muito fraco, pois passei por poucas e boas.

– Talvez seja melhor não falarmos no assunto, que evidentemente o deixa muito nervoso.

– Oh, não, agora não. Tenho que contar a minha história à polícia. Mas, cá entre nós, se não fosse pela prova evidente deste meu ferimento, eu ficaria muito surpreso se alguém acreditasse em mim, pois minha história é realmente extraordinária e não tenho provas para confirmá-la. E, mesmo se acreditassem em mim, as pistas que posso fornecer são tão vagas que é pouco provável que se possa fazer justiça.

– Ah! – exclamei. – Se for um problema importante, que o senhor gostaria de ver resolvido, recomendo fortemente que vá consultar o meu amigo, o senhor Sherlock Holmes, antes de ir à polícia.

– Oh, já ouvi falar desse homem – respondeu o paciente – e ficaria muito contente se ele se encarregasse do assunto, embora também tenha que recorrer à polícia. Poderia me apresentar a ele?

– Farei melhor que isso. Vou levá-lo até lá pessoalmente.

– Ficarei imensamente agradecido a você, doutor.

– Vamos chamar uma carruagem de aluguel e iremos juntos. Chegaremos bem a tempo de tomar café com ele. Está em condições de fazer isso?

– Sim. Não me sentirei aliviado enquanto não contar a minha história.

– Pois bem, a minha criada chamará a carruagem e eu estarei de volta em um instante. – Subi as escadas correndo, expliquei rapidamente o ocorrido à minha esposa e em cinco minutos estava dentro de uma carruagem, levando o meu novo paciente para a Baker Street.

Sherlock Holmes estava, como eu esperava, descansando na sala de estar, vestindo roupão e lendo a coluna martirizante de conselhos para problemas pessoais do *Times*, enquanto fumava sua cachimbada antes ao café da manhã, composta de todas as sobras de fumo do dia anterior, cuidadosamente secas e amontoadas num canto da prateleira sobre a lareira. Ele estava tranquilo e nos recebeu com gentileza. Mandou vir mais ovos com *bacon* e nos acompanhou numa refeição farta. Quando terminamos, ele pediu ao nosso novo conhecido que se sentasse no sofá, colocou uma almofada atrás da cabeça e deixou um copo de conhaque com água ao seu alcance.

– É fácil perceber que sua experiência não foi muito comum, senhor Hatherley – ele disse. Por favor, relaxe e sinta-se absolutamente em casa. Conte-nos o que puder, mas pare quando se sentir cansado e se fortaleça com um pouco deste estimulante.

– Obrigado – disse o meu paciente –, mas estou me sentindo outro homem desde que o doutor fez o curativo e acho que o seu café da manhã completou a cura. Vou tomar o menos possível do seu valioso tempo, por isso começarei imediatamente a relatar as minhas experiências extraordinárias.

Holmes sentou-se em sua ampla poltrona, com expressão de cansaço, as pálpebras pesadas encobrindo sua natureza inquieta e perspicaz, enquanto eu me sentei no lado oposto para ouvir em silêncio a estranha história que Hatherley nos contou.

– É preciso dizer – começou ele – que sou órfão, solteiro e resido sozinho num quarto alugado em Londres. Sou engenheiro hidráulico e tive considerável experiência de trabalho durante os sete anos que passei como aprendiz na Venriar & Matheson, a conhecida empresa de Greenwich. Há dois anos, depois de completar o meu tempo como aprendiz, e ainda tendo recebido uma boa quantia em dinheiro pela morte do meu pobre pai, decidi me estabelecer por conta própria e aluguei salas comerciais na Victoria Street.

"Suponho que todo mundo passe pela mesma experiência ingrata quando está começando a vida e decidi abrir um escritório. Para mim, foi excepcionalmente decepcionante. Em dois anos, tive apenas três consultas e um pequeno serviço, nada mais, e isso é absolutamente tudo o que minha profissão me trouxe. A minha renda bruta não passou de 27 libras e 10 xelins. Todos os dias, das nove da manhã às quatro da tarde, eu ficava em minha pequena sala, até que comecei a achar que jamais teria uma clientela.

"Ontem, no entanto, quando estava pensando em fechar o escritório, o meu auxiliar entrou dizendo que um cavalheiro queria falar comigo sobre um trabalho. Ele também me mostrou um cartão de apresentação impresso, com o nome de 'coronel Lysander Stark'. Logo em seguida, veio o próprio coronel, um homem bastante alto e extremamente magro. Acho que nunca tinha visto um homem tão magro assim. O rosto se resumia ao nariz e ao queixo, e a pele das bochechas se esticava tensa sobre os ossos protuberantes. No entanto, essa magreza parecia coisa natural, e não fruto de alguma doença, pois seus olhos eram brilhantes, seus movimentos, cheios de energia e sua postura, confiante. Ele estava vestido sobriamente e julguei que deveria ter mais para 40 do que para 30 anos de idade.

"'É o senhor Hatherley?', ele indagou com um ligeiro sotaque alemão. 'O senhor me foi recomendado, senhor Hatherley, não somente como uma pessoa eficiente em sua profissão, mas também por ser discreto e capaz de guardar um segredo.'

"Eu o cumprimentei, sentindo-me lisonjeado com essas palavras, como qualquer jovem da minha idade.

"'Posso saber quem me recomendou?', perguntei.

"'Bem, talvez seja melhor eu não dizer por enquanto. A mesma pessoa me informou que o senhor além de órfão é solteiro e reside sozinho em Londres.'

"'É bem verdade', respondi, 'mas permita-me observar que nada disso tem a ver com a minha capacidade profissional. Não é sobre um assunto profissional que o senhor quer falar comigo?'

"'Sem dúvida alguma. Mas o senhor vai descobrir que tudo que eu digo tem a ver com esse ponto. Tenho um trabalho para o senhor, mas é essencial que haja segredo absoluto... segredo absoluto, entende? E naturalmente é mais fácil obter isso de um homem que mora sozinho do que um que reside no seio de sua família.'

"'Se eu prometer guardar segredo', retruquei, 'pode ter certeza de que cumprirei minha palavra.'

"Ele me olhou fixamente enquanto eu falava, e tive a impressão de jamais ter visto um olhar tão desconfiado e inquisitivo.

"'Então, promete?', ele perguntou por fim.

"'Sim, prometo.'

"'Silêncio completo e absoluto antes, durante e depois? Nenhuma referência ao assunto, nem oral, nem por escrito?'

"'Já lhe dei a minha palavra.'

"'Muito bem.'

"Ele se levantou de repente e, atravessando a sala como um raio, abriu a porta. O corredor estava deserto.

"'Muito bem', ele repetiu, voltando. 'Sei que os empregados às vezes ficam curiosos sobre os negócios de seus patrões. Agora, podemos falar em segurança.' Ele puxou a cadeira para junto da minha e começou a me fitar novamente com aquele olhar desconfiado e pensativo.

"Uma sensação de repulsa e alguma coisa semelhante ao medo começaram a se apossar de mim diante das excentricidades daquele homem esquelético. Nem mesmo o medo de perder um cliente podia me impedir de demonstrar a minha impaciência.

"'Peço-lhe que exponha o negócio, senhor', eu lhe disse. 'O meu tempo é muito valioso.' Deus me perdoe por esta última frase, mas falei sem pensar.

"'O que acha de 50 guinéus por uma noite de trabalho?', ele perguntou.

"'Maravilhoso.'

"'Estou dizendo por uma noite de trabalho, mas por uma hora seria mais apropriado. Apenas quero a sua opinião sobre uma máquina hidráulica de estampar que não está funcionando bem. Se nos mostrar o que está errado, nós mesmos a consertaremos. O que acha de uma tarefa dessas?'

"'O trabalho parece ser pouco e a remuneração, generosa.'

"'Exato. Queremos que vá hoje à noite no último trem.'

"'Para onde?'

"'Para Eyford, Berkshire, um lugarejo perto da fronteira de Oxfordshire, a cerca de 12 quilômetros de Reading. Há um trem de Paddington que o deixará lá por volta de onze e quinze.'

"'Muito bem.'

"'Vou buscá-lo com uma carruagem.'

"'Fica longe da estação?'

"'Sim, a nossa pequena propriedade fica no meio do mato. São uns bons 12 quilômetros da estação de Eyford.'

"'Então não chegaremos antes da meia-noite. Imagino que não há nenhuma chance de pegar um trem de volta. Serei obrigado a passar a noite lá.'

"'Podemos facilmente improvisar acomodações para o senhor.'

"'É um pouco incômodo. Não seria possível eu ir num horário mais conveniente?'

"'Achamos melhor o senhor ir à noite. É para compensá-lo por qualquer inconveniência que estamos pagando ao senhor, um rapaz jovem e desconhecido, honorários que comprariam a opinião dos maiores da sua profissão. Mas é claro que, se o senhor quiser desistir do negócio, tem total liberdade.'

"Pensei nos 50 guinéus e em como me seriam úteis.

"'De maneira nenhuma', respondi. 'Terei o maior prazer em atendê-lo naquilo que deseja. Gostaria, porém, de entender um pouco melhor o que, exatamente, o senhor quer que eu faça.'

"'Claro. É muito natural que a promessa de segredo que extraímos do senhor tenha atiçado sua curiosidade. Não quero que se comprometa com coisa alguma sem saber do que se trata. Suponho que não haja risco nenhum de alguém nos escutar?'

"'Absolutamente nenhum.'

"'Então é o seguinte: o senhor deve saber que a argila de terra de *fuller* é um produto valioso e que só é encontrado em um ou dois lugares na Inglaterra, correto?'

"'Já ouvi falar.'

"'Há algum tempo, comprei uma pequena propriedade, muito pequena, a uns 12 quilômetros de Reading. Tive a sorte de descobrir que existia uma jazida de argila de terra de *fuller* num dos meus campos. Ao examiná-lo, entretanto, vi que essa jazida era relativamente pequena e tinha ligação com duas outras, muito maiores, uma à direita e outra à esquerda, ambas em propriedades de meus vizinhos. Esses bons homens não sabiam absolutamente que suas terras continham o que era equivalente a uma mina de ouro. Naturalmente, o meu interesse seria comprar as terras antes que eles descobrissem seu verdadeiro valor, mas, infelizmente, eu não tinha capital para tanto. Compartilhei o segredo com alguns amigos meus, e eles sugeriram que começássemos a trabalhar em segredo em nossa pequena jazida, de modo a ganhar o suficiente para comprar as terras dos vizinhos. É isso que estamos fazendo há algum tempo e, para auxiliar as operações, fizemos uma prensa hidráulica. Essa prensa, como já expliquei, não está funcionando bem, e queremos a sua opinião. Contudo, guardamos o nosso segredo zelosamente e, se alguém ficasse sabendo que temos engenheiros hidráulicos vindo à nossa casa, isso despertaria suspeitas. Se os fatos viessem à tona, poderíamos dar adeus à possibilidade de adquirir essas terras e de realizar os nossos planos. É por isso que fiz o senhor prometer que não dirá a ninguém aonde vai hoje à noite. Espero que tenha explicado tudo claramente.'

"'Compreendo perfeitamente', respondi. 'A única coisa que não entendi bem é qual seria a utilidade de uma prensa hidráulica na extração de argila de terra de *fuller*, que, pelo que eu saiba, é escavada da terra como o cascalho é retirado da pedreira.'

"'Ah!', ele respondeu displicentemente. 'Temos o nosso próprio processo. Comprimimos a terra em tijolos, para poder removê-los sem revelar o que são. Mas isso é mero detalhe. Contei-lhe toda a nossa história, senhor Hatherley, e demonstrei que confio no senhor.' Ele se levantou enquanto falava. 'Vou esperá-lo, então, em Eyford, às onze e quinze.'

"'Estarei lá com certeza.'

"'Nem uma palavra a ninguém.' Lançou-me um longo olhar inquisitivo e, com um aperto de mão frio e úmido, saiu apressado da sala.

"Bem, quando pensei naquilo tudo com sangue-frio, fiquei, como vocês devem imaginar, muito espantado com a súbita missão que me havia sido confiada. Por um lado, é claro, estava contente, pois os honorários eram pelo menos dez vezes mais do que eu teria pedido se tivesse feito o orçamento, e provavelmente o serviço renderia outros mais. Por outro lado, a expressão e o modo de agir do meu cliente causaram uma impressão muito desagradável em mim, e não achei que a explicação sobre a argila de terra de *fuller* fosse suficiente para explicar a visita à meia-noite e justificar a extrema ansiedade para que eu não dissesse nada a ninguém. Apesar disso, deixei de lado meus receios, fiz uma bela refeição, fui para Paddington e dei início à minha viagem, obedecendo fielmente à recomendação de não dizer nada a ninguém.

"Em Reading, eu tinha que mudar não apenas de vagão como também de composição. Mas consegui pegar a tempo o último trem para Eyford e cheguei à pequena e pouco iluminada estação depois das onze horas. Fui o único passageiro a descer lá e não havia ninguém na plataforma, exceto um porteiro sonolento, com uma lanterna. Quando passei pela portinhola da bilheteria, porém, encontrei o meu conhecido da manhã esperando no escuro, do outro lado. Sem dizer uma palavra, ele puxou o meu braço e levou-me rapidamente para uma carruagem, cuja porta estava aberta. Fechou as janelas dos dois lados, deu umas pancadinhas na madeira e a carruagem saiu a toda velocidade."

– Um cavalo só? – Holmes interrompeu.

– Só um.

– Observou de qual cor?

– Sim, vi à luz das lanternas laterais quando entrava na carruagem. Era um cavalo baio.

– De aparência fatigada ou descansada?

– Não, descansada e vigorosa.

– Obrigado. Desculpe a interrupção. Por favor, continue sua história. É muito interessante.

– Então, lá fomos nós, e prosseguimos pelo menos por uma hora. O coronel Lysander Stark havia dito que eram somente uns 12 quilômetros, mas eu achei, pela velocidade em que andávamos e o tempo que levamos, que deviam ser quase 20. Ele foi ao meu lado em silêncio o tempo todo, e vi mais de uma vez, quando olhei para ele, que ele me fitava com grande intensidade. As estradas rurais não pareciam muito boas naquela parte do mundo, pois sacudíamos e balançávamos terrivelmente. Tentei olhar pelas janelas para ver onde estávamos, mas eram feitas de vidro fosco e não consegui enxergar nada, só alguma ocasional mancha de luz. Ali e acolá eu arriscava fazer alguma observação para quebrar a monotonia da viagem, mas o coronel respondia com monossílabos e a conversa logo gorava. Por fim, os solavancos da estrada cederam lugar a um caminho de cascalho e a carruagem parou. O coronel Lysander Stark saltou e, conforme o segui, puxou-me rapidamente para uma varanda que se abriu à nossa frente. Saímos, por assim dizer, direto da carruagem para o saguão de entrada, de forma que não pude nem ver a frente da casa. No minuto em que transpus a soleira da porta, ela se fechou atrás de nós e ouvi o ruído das rodas da carruagem se afastando.

"Estava um breu total dentro da casa, e o coronel tateou ao redor procurando fósforos e resmungando baixinho. De repente, uma porta se abriu na outra extremidade da passagem e uma longa faixa dourada de luz se estendeu em nossa direção. A faixa se alargou e uma mulher surgiu segurando uma lamparina acima da cabeça, empurrando o rosto para a frente e olhando para nós. Pude ver que ela era bonita e, pelo brilho da luz no vestido escuro que usava, percebi que o tecido era caro e de boa qualidade. Ela disse algumas palavras numa língua estrangeira em um tom como se estivesse fazendo uma pergunta; quando meu companheiro respondeu com um monossílabo grosseiro, ela tomou um susto tão grande que a lamparina quase caiu de sua mão. O coronel Stark foi até ela, murmurou qualquer coisa em seu ouvido e então, empurrando-a de volta ao quarto de onde viera, voltou até mim com a lamparina na mão.

"'Talvez você possa me fazer a gentileza de esperar neste quarto uns minutos', ele disse, abrindo outra porta. Era um quarto tranquilo, pequeno, mobiliado apenas com uma mesa redonda no centro, sobre a qual estavam espalhados vários livros em alemão. O coronel Stark colocou a lamparina sobre um pequeno órgão perto da porta. 'Não o farei esperar muito', ele disse e desapareceu na escuridão.

"Dei uma olhada nos livros sobre a mesa e, apesar da minha ignorância em alemão, entendi que dois eram tratados sobre ciências e os outros, livros de poesia. Fui até a janela, esperando ver alguma coisa da paisagem, mas estava vedada por pesadas tábuas de carvalho. A casa era extremamente silenciosa. Ouvi o tique-taque de um relógio velho em alguma parte do corredor, mas, fora isso, tudo estava em silêncio total. Um vago sentimento de mal-estar começou a se apoderar de mim. Quem eram esses alemães e o que estavam fazendo, morando naquele lugar estranho, tão longe de tudo? E onde ficava aquele lugar? Eu estava mais ou menos a 15 quilômetros de Eyford e isso era tudo o que sabia. Não tinha a menor ideia se era ao norte, sul, leste ou oeste. Reading e possivelmente outras cidades grandes talvez estivessem nesse raio, portanto o lugar poderia não ser tão isolado assim. No entanto, eu tinha certeza, pela profundidade do silêncio, de que estávamos no campo. Andei de um lado para o outro cantarolando baixinho para espantar o medo e sentindo que estava fazendo jus aos meus honorários de 50 guinéus.

"De repente, sem o menor som preliminar que servisse de aviso no silêncio total, a porta da sala se abriu lentamente. A mulher surgiu na abertura, com a escuridão do corredor às suas costas e a luz amarela de minha lamparina caindo sobre seu rosto belo e aflito. Logo vi que ela estava apavorada, e essa visão gelou o meu coração. Ela ergueu um dedo trêmulo para fazer sinal de silêncio e tentou murmurar algumas palavras num inglês hesitante, lançando olhares para trás, como os de um animal amedrontado, na direção do corredor escuro.

"'Eu iria embora', ela disse, procurando, ou assim me pareceu, falar com calma. 'Eu iria embora. Não ficaria aqui. Não há nada de bom para você fazer aqui.'

"'Mas, minha senhora', respondi, 'ainda não fiz o que vim fazer aqui. Não posso ir embora sem ver a máquina.'

"Não vale a pena esperar', ela continuou. 'Você pode passar pela porta, ninguém vai impedir.' E então, vendo que eu sorri e sacudi a cabeça, ela abandonou qualquer reserva e avançou, torcendo as mãos. 'Pelo amor de Deus!', ela sussurrou. 'Vá embora daqui antes que seja tarde demais!'

"Mas sou um pouco teimoso por natureza e fico ainda mais disposto a me envolver num negócio quando aparece algum obstáculo no meio do caminho. Pensei na minha remuneração de 50 guinéus, na viagem cansativa e na desagradável noite que parecia me aguardar. Tudo isso seria em vão? Por que eu iria embora sem ter executado a minha tarefa e sem o pagamento que me era devido? Aquela mulher, pelo que eu estava vendo, podia até ser maluca. Com firmeza, portanto, embora ela tivesse me abalado mais do que gostaria de confessar, abanei novamente a cabeça e afirmei a minha intenção de ficar onde estava. Ela estava prestes a renovar seus apelos quando uma porta bateu acima de nós e ouvimos passos na escada. Ela ficou escutando por um instante, fez um gesto de desespero com as mãos e sumiu tão repentina e silenciosamente como tinha aparecido.

"Os recém-chegados eram o coronel Lysander Stark e um homem baixo e gordo, com uma barbicha saindo das rugas do queixo e da papada, que me foi apresentado como o senhor Ferguson.

"'Este é o meu secretário e gerente', disse o coronel. 'A propósito, tive a impressão de que deixara essa porta fechada. Receio que tenha sentido a corrente de ar.'

"'Muito pelo contrário', respondi , 'eu mesmo abri a porta, pois achei a sala um pouco abafada.'

"Ele me lançou um de seus olhares desconfiados.

"'Talvez seja melhor passarmos ao trabalho, então', ele disse. 'O senhor Ferguson e eu vamos levá-lo para ver a máquina.'

"'Acho melhor colocar o chapéu.'

"'Ah, não é preciso. A máquina está instalada dentro da casa.'

"'Como assim? Vocês estão escavando argila de terra de *fuller* dentro da casa?'

"'Não, não. Apenas comprimimos a terra aqui. Mas isso não importa! Só queremos que examine a máquina e nos diga o que há errado com ela.'

"Subimos juntos, o coronel na frente com o lampião, o gerente gorducho e eu atrás. A velha casa era um labirinto, com corredores, passagens, escadas estreitas em espiral e portas pequenas e baixas com soleiras gastas pelas gerações que por ali passaram. Não havia tapetes e nenhum sinal de mobília acima do andar térreo, enquanto o reboco descascava das paredes e a umidade emergia em manchas esverdeadas de aspecto doentio. Tentei manter a aparência mais desinteressada possível, mas não tinha esquecido dos avisos daquela senhora, embora os tivesse ignorado, por isso fiquei de olho nos meus dois acompanhantes. Ferguson parecia um homem rabugento e calado, mas notei, pelo pouco que falou, que pelo menos era meu compatriota.

"O coronel Lysander Stark, enfim, parou diante de uma porta baixa, que ele destrancou. Era um quartinho quadrado, dentro do qual mal cabia nós três ao mesmo tempo. Ferguson ficou do lado de fora e o coronel me fez entrar.

"'Cá estamos', ele disse, 'realmente dentro da prensa hidráulica, e seria profundamente desagradável para nós se alguém a ligasse. O teto deste pequeno quarto é, de fato, a extremidade do pistão que desce com uma força de muitas toneladas sobre este piso de metal. Existem pequenas colunas laterais de água no lado de fora que recebem a força e a transmitem e multiplicam da maneira que lhe é familiar. A máquina funciona, mas está um pouco emperrada e perdeu alguma força. Tenha a bondade de examiná-la e nos mostrar o que devemos fazer para consertá-la.'

"Peguei o lampião dele e examinei a máquina minuciosamente. Era mesmo gigantesca e capaz de exercer enorme pressão. Quando fui para o lado de fora e apertei as alavancas que a controlavam, vi logo pelo som sibilante que havia um vazamento que permitia o refluxo da água através de um cilindro lateral. Um exame subsequente revelou que uma borracha de vedação na cabeça de uma haste tinha encolhido e não mais vedava adequadamente o encaixe em que operava. Era claramente isso o que causava a perda de força, e mostrei aos meus acompanhantes, que seguiram as minhas observações atentamente e fizeram algumas perguntas práticas sobre a maneira como eles deveriam proceder para efetuarem o conserto. Quando lhes expliquei tudo, voltei ao quartinho e dei uma boa olhada em volta, para satisfazer a minha curiosidade. Mesmo de relance, era óbvio que a história da argila de terra de *fuller* não passava de mera invenção, pois seria absurdo imaginar que uma máquina tão poderosa fosse usada para uma finalidade tão inadequada. As paredes eram de madeira, mas o piso consistia de uma larga calha de ferro e, quando fui examiná-lo, vi uma crosta de depósito mineral por toda parte. Agachei-me e estava raspando um pouco para ver o que era quando ouvi uma exclamação em alemão e vi o rosto cadavérico do coronel me encarando.

"'O que está fazendo aí?', ele perguntou.

"Fiquei bravo por ter sido enganado com uma história tão complicada como a que ele tinha me contado.

"'Eu estava admirando o seu garimpo de argila de terra de *fuller*', respondi. 'Achei que poderia aconselhá-lo melhor sobre a sua máquina se soubesse exatamente para qual finalidade ela é usada.'

"Eu me arrependi da minha ousadia no exato momento em que pronunciei essas palavras. O rosto dele endureceu e seus olhos cinzentos faiscaram.

"'Muito bem', ele disse, 'você vai saber tudo sobre a máquina.' Deu um passo atrás, bateu a pequena porta e virou a chave na fechadura. Corri para a porta e puxei a maçaneta, mas estava trancada e a porta não cedia aos meus pontapés e pancadas.

"'Ei!', gritei. 'Ei! Coronel! Deixe-me sair!'

"Então, de repente, no silêncio, ouvi um som que levou meu coração à boca. Era o ruído metálico das alavancas e o som sibilante do cilindro que vazava. Ele colocara a máquina para funcionar. O lampião ainda estava no chão, onde o deixei quando examinava a calha. Por essa luz, vi que o teto preto descia sobre mim lentamente, aos trancos, mas, como ninguém melhor que eu sabia, com uma força que dentro de um minuto me esmagaria como uma massa disforme. Atirei-me, gritando, contra a porta e tentei arrancar a fechadura com as unhas. Implorei ao coronel para me deixar sair, mas o ruído implacável das alavancas abafava os meus gritos. O teto estava a apenas três ou quatro palmos acima de minha cabeça, e com a mão erguida podia sentir sua superfície dura e áspera. Então, me ocorreu o pensamento de que a dor da minha morte dependeria muito da posição em que eu me encontrasse. Se deitasse de bruços, o peso recairia sobre a minha espinha e estremeci ao pensar nessa horrível perspectiva. Talvez fosse mais fácil deitar do outro jeito, de costas. Mas será que eu teria a coragem de ficar olhando para aquela sombra preta fatal descendo sobre mim? Não conseguia mais ficar em pé quando vislumbrei algo que trouxe uma torrente de esperanças de volta ao meu pobre coração.

"Eu já mencionei que, embora o chão e o teto fossem de ferro, as paredes eram de madeira. Quando olhei em volta apressadamente pela última vez, vi entre duas tábuas um fiapo de luz amarelada, que se alargava cada vez mais à medida que uma pequena parte do lambri era forçada para trás. Por um instante não pude acreditar que fosse realmente uma porta que poderia me salvar da morte. No instante seguinte, atirei-me sobre essa fresta e fui cair meio desmaiado do outro lado. O painel do lambri fechou-se novamente atrás de mim, mas o barulho do lampião espatifado e logo depois o som estridente das duas chapas de metal se chocando provavam que eu tinha escapado por muitíssimo pouco.

"Voltei a mim com alguém me pegando fortemente pelo pulso e me encontrei deitado no chão de pedra de um corredor estreito, com uma mulher inclinada sobre mim me puxando com sua mão esquerda e segurando uma vela com a direita. Era a mesma boa amiga cujos avisos tão tolamente eu havia rejeitado.

"'Venha, venha!', ela gritava quase sem fôlego. 'Eles estarão aqui num segundo. Verão que você não está lá. Oh, não perca um tempo tão precioso, venha!'

"Desta vez, pelo menos, não desprezei seus conselhos. Levantei-me cambaleando e corri com ela pelo corredor e por uma escada circular, que nos levou a outra passagem mais larga. Justo quando a alcançamos, ouvimos o som de passos apressados e duas vozes gritando, uma em resposta à outra, no andar em que estávamos e no de baixo. A minha guia parou e olhou em volta, como quem não vê saída. Então, abriu uma porta que levava a um quarto, em cuja janela a lua brilhava forte.

"'É a sua única chance', ela disse. 'É alto, mas talvez possa pular.'

"Enquanto ela falava, surgiu uma luz no fim da passagem, e vi o vulto magro do coronel Lysander Stark avançando rápido com uma lanterna na mão e uma arma parecida com um cutelo de açougueiro na outra. Atravessei o quarto correndo, abri a janela e olhei para fora. Como parecia calmo, doce e seguro o jardim à luz da lua, e estava a menos de 10 metros de distância. Subi no peitoril, mas hesitei em pular antes de saber o que ocorreria entre a minha salvadora e o bandido que me perseguia. Se ela fosse maltratada, eu voltaria para socorrê-la, apesar de todo o perigo. Mal pensara nisso quando ele chegou à porta, empurrando-a de lado para passar, mas ela o abraçou e tentou detê-lo.

"'Fritz! Fritz!', ela falou em inglês, 'lembre-se da sua promessa depois da última vez. Você disse que nunca mais agiria assim. Ele guardará segredo! Oh, ele guardará segredo.'

"'Você está maluca, Elise!', ele berrou, debatendo-se para se soltar dela. 'Você vai ser a nossa ruína. Ele viu tudo. Solte-me, vamos!' Jogou-a de lado e, correndo para a janela, golpeou-me com a pesada arma. Eu estava com o corpo pendurado e me segurava no peitoril com as mãos quando ele me atacou. Senti uma dor brutal, afrouxei os dedos e caí no jardim.

"Fiquei atordoado, mas não me machuquei com a queda. Levantei e saí correndo por entre os arbustos o mais rápido possível, pois sabia que ainda não estava fora de perigo. De repente, enquanto corria, comecei a me sentir tonto e fraco. Olhei para a minha mão, que latejava, então, pela primeira vez, vi que o meu polegar havia sido decepado e que sangue escorria do ferimento. Consegui enrolar a mão com o lenço, mas os ouvidos começaram a zumbir e caí desmaiado entre as roseiras.

"Por quanto tempo fiquei desacordado eu não sei. Deve ter sido por muito tempo, pois a lua já tinha imergido e uma manhã luminosa começava quando voltei a mim. As minhas roupas estavam ensopadas de orvalho e a manga do casaco estava coberta de sangue do ferimento. A dor na mão me fez recordar todos os detalhes da aventura noturna e fiquei de pé, sentindo que talvez ainda não estivesse a salvo de meus perseguidores. Mas, para minha surpresa, quando olhei em volta, não vi nem a casa nem o jardim. Eu tinha ficado caído no canto de uma sebe perto da estrada, e logo adiante havia um prédio longo e baixo que, ao me aproximar, verifiquei ser a mesma estação onde chegara na noite anterior. Se não fosse pela ferida na mão, tudo que se passara durante aquelas horas horríveis poderia ter sido um pesadelo.

"Meio tonto, entrei na estação e perguntei pelo trem da manhã. Havia um para Reading dentro de uma hora. O mesmo porteiro estava de serviço. Perguntei-lhe se ouvira falar de um coronel Lysander Stark. Ele não sabia quem era. Vira uma carruagem na noite anterior esperando por mim? Não, não vira. Havia uma delegacia ali perto? Sim, a quase cinco quilômetros.

"Era longe demais para eu ir andando, fraco e doente como me sentia. Resolvi esperar a volta à cidade para contar a minha história à polícia. Passava um pouco das seis quando cheguei a Londres e fui primeiro tratar da minha mão, então o doutor teve a bondade de me trazer aqui. Estou colocando o meu caso em suas mãos e farei exatamente o que o senhor aconselhar."

Ficamos os dois em silêncio após ouvir essa narrativa extraordinária. Depois, Sherlock Holmes tirou da prateleira um dos pesados volumes onde guardava seus recortes de jornais.

– Aqui está uma notícia que vai interessá-los – ele disse. – Saiu em todos os jornais a cerca de um ano atrás. Ouçam: "Desaparecido no dia 9 do mês corrente, o senhor Jeremiah Hayling, de 26 anos, engenheiro hidráulico. Saiu de casa às dez horas da noite e não foi mais visto. Vestia..." etc. e tal. Ah! Isso representa a última vez que o coronel precisou consertar sua máquina, sem dúvida alguma – ele ironizou.

– Céus! – exclamou o meu paciente. – Então, isso explica o que a moça falou.

– Certamente. Está bem claro que o coronel era um homem calculista e desesperado, firmemente decidido a não deixar que nada atrapalhasse a sua jogada, como os piratas de antigamente, que não deixavam nenhum sobrevivente nos barcos que capturavam. Bem, os minutos são preciosos e, se o senhor estiver se sentindo melhor, vamos imediatamente à Scotland Yard e, em seguida, a Eyford.

Cerca de três horas depois estávamos a caminho de Reading. De lá seguimos para a pequena aldeia em Berkshire. O grupo era composto por Sherlock Holmes, o engenheiro hidráulico, o inspetor Bradstreet da Scotland Yard, um investigador e eu. Bradstreet abriu um mapa da região sobre o assento e estava ocupado em desenhar um círculo tendo como centro Eyford.

– Aqui está – ele disse. – Este círculo tem um raio de cerca de 15 quilômetros a partir da aldeia. O lugar que procuramos deve estar dentro desta linha. Acho que o senhor disse 15 quilômetros, não foi?

– Foi mais ou menos uma hora de viagem.

– E acha que o trouxeram de volta toda essa distância quando estava inconsciente?

– Devem ter feito isso. Tenho uma vaga lembrança de que me carregaram e me puseram em algum lugar.

– O que não consigo entender – eu disse – é por que não o mataram quando o encontraram desmaiado no jardim. Talvez o vilão tenha ficado comovido com as súplicas da moça.

– Não acho isso provável. Nunca vi um sujeito mais implacável em toda a minha vida.

– Em breve esclareceremos tudo – afirmou Bradstreet. – Bem, eu desenhei o círculo e só gostaria de saber em que ponto dentro dele vamos encontrar as pessoas que procuramos.

– Acho que posso determinar isso – disse Holmes calmamente.

– Ah, é? – surpreendeu-se o inspetor. – Então, já tem sua opinião formada? Bem, vamos lá. Vejamos quem concorda com o senhor. Eu digo que é ao sul, pois lá é mais deserto.

– E eu digo que é ao leste – arriscou meu paciente.

– Eu acho que é ao oeste – disse o investigador. – Lá existem várias pequenas aldeias.

– Na minha opinião é ao norte – eu disse –, porque lá não há colinas e o nosso amigo não mencionou que a carruagem tivesse subido alguma inclinação.

– Ora – disse o inspetor, rindo –, não poderíamos divergir mais. Cobrimos todos os pontos da bússola. Senhor Holmes, qual é o seu voto decisivo?

– Estão todos errados.

– Mas não podemos estar *todos* errados.

– Oh, podem, sim. Este é o ponto que defendo. – E pousou o dedo bem no centro do círculo. – É aqui que os encontraremos.

– Mas e a viagem de quase 20 quilômetros? – exclamou Hatherley.

– Dez de ida e dez de volta. Nada mais simples. O senhor mesmo disse que o cavalo não estava cansado quando entrou na carruagem. Como poderia ser assim se tivesse percorrido 20 quilômetros em péssimas estradas?

– Realmente, seria um ótimo estratagema – observou Bradstreet, pensativo. – É claro que não pode haver dúvida quanto à natureza dessa quadrilha.

– Nenhuma dúvida – disse Holmes. – Eles são cunhadores de moedas falsas em larga escala e usavam a máquina para formar a amálgama que substitui a prata.

– Há algum tempo que sabemos da existência um bando muito astuto trabalhando nisso – disse o inspetor. – Eles vêm cunhando milhares de meias coroas. Conseguimos seguir a pista deles até Reading, mas lá os perdemos, pois nos despistaram de tal maneira que provaram ser profissionais experientes. Mas agora, graças a esta oportunidade fortuita, acho que finalmente os pegaremos.

Mas o inspetor estava enganado, pois aqueles criminosos estavam destinados a escapar das mãos da justiça. Quando chegamos à estação de Eyford vimos uma coluna gigantesca de fumaça saindo de um grupo de árvores na vizinhança, pairando como uma imensa pluma de avestruz sobre a paisagem.

– Uma casa pegando fogo? – perguntou Bradstreet, quando o trem seguiu viagem.

– Sim, senhor! – respondeu o chefe da estação.

– Quando começou?

– Ouvi dizer que foi durante a noite, mas piorou muito e está queimando toda.

– De quem é a casa?

– Do doutor Becher.

– Por acaso – interrompeu o engenheiro – o doutor Becher é um alemão muito magro, com um nariz fino e comprido?

O chefe da estação deu uma boa gargalhada.

– Não, senhor, o doutor Becher é inglês e não há ninguém na paróquia que tenha uma barriga maior. Mas ele tem um hóspede. Um paciente dele, estrangeiro pelo que ouvi dizer, e parece que um pouco da boa carne de Berkshire não lhe faria mal algum.

Mal ele acabara de falar e estávamos todos nos apressando em direção ao incêndio. A estrada subia uma pequena colina, e à nossa frente surgiu um prédio baixo grande jorrando fogo por todas as janelas e frestas, enquanto no jardim três carruagens de bombeiros lutavam em vão para conter as chamas.

– É aqui mesmo! – exclamou Hatherley, profundamente agitado. – Ali estão a estrada de cascalho e as roseiras onde caí. Foi daquela segunda janela que eu pulei.

– Bem, pelo menos – disse Holmes – o senhor teve a sua vingança. Não resta dúvida de que foi o seu lampião de querosene que, quando comprimido pela prensa, tocou fogo nas paredes de madeira e certamente eles estavam ocupados demais em persegui-lo para perceber na hora. Agora, fique de olhos abertos para ver se os seus amigos de ontem à noite estão no meio da multidão, embora eu receie que já estejam a umas boas centenas de quilômetros a esta altura.

Os temores de Holmes se confirmaram, pois desde esse dia não se ouviu mais falar da bela moça, do alemão sinistro nem do inglês rabugento. Naquela manhã, bem cedo, um camponês vira uma carroça com várias pessoas e umas caixas volumosas saindo rapidamente em direção a Reading. Porém, ali se perdia a pista dos fugitivos, e nem mesmo a engenhosidade de Holmes conseguiu descobrir o menor indício do paradeiro deles.

Os bombeiros ficaram muito perturbados com as coisas estranhas que encontraram dentro da casa, especialmente quando descobriram um polegar humano recém-decepado no peitoril de uma janela do segundo andar. Ao entardecer, por fim, seus esforços foram recompensados e eles conseguiram dominar as chamas. No entanto, o telhado já havia desmoronado e o prédio todo estava reduzido a cinzas, só se salvando uns cilindros retorcidos e uns canos de ferro, não restando nada mais do maquinário que custara tão caro ao nosso desafortunado engenheiro hidráulico. Foram descobertas grandes quantidades de níquel e estanho estocadas num barracão, mas nenhuma moeda, o que talvez explique a presença de caixas volumosas na carroça mencionada.

A maneira como o nosso engenheiro hidráulico foi levado do jardim ao lugar onde ele recuperou os sentidos teria permanecido um mistério para sempre não fosse a terra macia, que revelou o seguinte detalhe. Ele foi evidentemente carregado por duas pessoas, uma das quais tinha os pés excepcionalmente pequenos e a outra, pés excepcionalmente grandes. O mais provável é que o inglês taciturno, sendo menos audaz e também menos sanguinário que seu companheiro, tivesse ajudado a mulher a carregar o homem inconsciente para longe do perigo.

– Bem! – comentou o nosso engenheiro, muito triste, ao tomarmos os nossos lugares para voltarmos a Londres – Que péssimo negócio eu fiz... Perdi o meu polegar e não recebi os meus honorários de 50 guinéus. Então, no fim das contas, o que foi que eu ganhei?

– Experiência – disse Holmes, rindo. – Indiretamente, isso pode ser de grande valor. Basta contar a sua história que você conquistará a fama de excelente companhia pelo resto da sua vida.

A Aventura do Solteirão Nobre

O casamento de lorde St. Simon, e a maneira curiosa como terminou, há muito deixou de ser assunto de interesse nos círculos agitados que o infeliz noivo frequenta. Novos escândalos o ofuscaram e seus detalhes mais picantes afastaram os bisbilhoteiros para longe desse drama de quatro anos atrás. Porém, como tenho razões para acreditar que nem todos os fatos foram revelados ao público em geral, e como o meu amigo Sherlock Holmes teve papel importante no esclarecimento do mistério, acho que as memórias dele não ficariam completas sem um esboço desse episódio notável.

Faltavam poucas semanas para o meu casamento, nos dias em que ainda morava com Holmes na Baker Street, quando ele chegou em casa depois de uma caminhada à tarde e encontrou uma carta sobre a mesa esperando por ele. Eu havia ficado em casa o dia inteiro, pois o tempo virou de repente, para chuva com fortes ventos de outono, e a bala que eu trouxe na perna como lembrança da minha campanha no Afeganistão latejava persistentemente. Sentado numa poltrona, com as pernas esticadas numa cadeira, eu estava cercado por pilhas de jornais até que, saturado com as notícias do dia, joguei tudo de lado e fiquei observando inerte o enorme brasão e o monograma em relevo no envelope que estava sobre a mesa, pensando preguiçosamente quem poderia ser o nobre que escrevera ao meu amigo.

– Você recebeu uma carta muito chique – comentei quando ele entrou. – A correspondência da manhã, se estou bem lembrado, eram as contas da peixaria e do despachante aduaneiro.

– É verdade. Pelo menos a minha correspondência tem o charme de ser variada – ele respondeu rindo. – E as cartas dos mais humildes geralmente são as mais interessantes. Isso parece um daqueles convites sociais inoportunos, que exigem que um homem se entedie ou minta.

Ele rompeu o lacre e deu uma olhada no conteúdo.

– Ora, talvez isso seja interessante, no fim das contas.

– Não é social, então?

– Não, é estritamente profissional.

– E é de algum cliente nobre?

– De um dos mais nobres da Inglaterra.

– Então, parabéns, meu caro amigo.

– Eu lhe garanto, Watson, sem pretensões, que a posição social do meu cliente vale menos para mim do que o interesse no caso dele. É possível, porém, que as duas coisas se casem nesta nova investigação. Você tem lido atentamente os jornais nos últimos dias, não tem?

– É o que parece – eu disse pesaroso, apontando para a pilha de jornais no canto da sala. – Não tinha mais nada para fazer.

– Ainda bem, pois talvez você possa me manter atualizado. Não leio nada a não ser os classificados e as ocorrências policiais. Os primeiros são sempre muito instrutivos. Se você tem acompanhado os eventos recentes, deve ter lido sobre o lorde St. Simon e seu casamento.

– Ah, sim, com o mais profundo interesse.

– Ótimo. A carta que tenho nas mãos é de lorde St. Simon. Eu vou lê-la, então você vai pegar esses jornais e me contar tudo o que sabe sobre o assunto. Eis o que ele diz:

> *Prezado senhor Sherlock Holmes:*
>
> *Lorde Backwater me assegura que posso confiar inteiramente em seu discernimento e discrição. Decidi, portanto, fazer-lhe uma visita para consultá-lo sobre um acontecimento doloroso que ocorreu com referência ao meu casamento. O senhor Lestrade, da Scotland Yard, já está agindo nesse assunto, mas me assegurou de que não tem nenhuma objeção à sua cooperação e acha até que pode ser de alguma ajuda. Irei vê-lo às quatro horas da tarde e, se por acaso o senhor tiver outra coisa marcada nesse horário, espero que adie, pois este assunto é da máxima importância.*
>
> *Atenciosamente,*
>
> *Robert St. Simon.*

– Foi remetida de Grosvenor Mansions, escrita com caneta de pena grande de ave, e o nobre lorde manchou de tinta a lateral do dedo mindinho direito – observou Holmes, dobrando a carta.

– Ele marcou às quatro horas. Já são três. Estará aqui dentro de uma hora.

– Então, eu tenho o tempo justo, com a sua ajuda, para me inteirar do assunto. Olhe os jornais e classifique os artigos por ordem de data enquanto vejo exatamente quem é nosso cliente. – Ele pegou um volume vermelho numa estante de livros perto da lareira. – Aqui está – disse, sentando e abrindo o volume no colo. – Robert Walsingham de Vere St. Simon, segundo filho do duque de Balmoral. Hum! Brasão de armas: azul-celeste, três estrepes na parte superior do escudo sobre uma faixa. Nasceu em 1846. Está com 41 anos, maduro para o casamento. Foi subsecretário das Colônias em uma das últimas administrações. O duque, seu pai, foi secretário do Exterior. Herdaram sangue dos Plantagenet diretamente e dos Tudor pelo lado materno. Ah! Bem, não há nada muito instrutivo em tudo isso. Acho que tenho de apelar para você, Watson, para algo mais sólido.

– Não terei muita dificuldade em encontrar o que for preciso – eu disse –, pois os fatos são bem recentes e o assunto me interessou muito. Não comentei nada porque sabia que você estava com uma investigação nas mãos e que não gosta da intromissão de outros casos.

– Ora, você está se referindo àquele pequeno problema do transporte de móveis de Grosvenor Square. Já foi esclarecido totalmente, embora na verdade fosse evidente desde o início. Por favor, mostre-me o resultado de suas pesquisas nos jornais.

– Aqui está a primeira notícia que encontrei, na coluna social do *Morning Post* e datada, como vê, de algumas semanas atrás:

> *Um casamento arranjado foi marcado e, se os boatos estiverem certos, será realizado muito em breve, entre lorde Robert St. Simon, segundo filho do duque de Balmoral, e a senhorita Hatty Doran, filha única de Aloysius Doran, de São Francisco, na Califórnia, Estados Unidos.*

Só isso.

– Conciso e direto ao ponto – comentou Holmes, esticando as pernas compridas e magras em direção à lareira.

– Na mesma semana, saiu um parágrafo com mais detalhes a esse respeito na coluna social de um dos jornais. Ah! Aqui está:

> *Logo haverá um pedido de proteção no mercado de casamentos, pois o atual princípio de livre-comércio parece que está prejudicando muito o nosso produto nacional. De uma em uma, a direção das casas nobres da Grã-Bretanha vai passando às mãos das nossas belas primas do outro lado do Atlântico. Na semana passada, um importante acréscimo foi feito à lista de prêmios arrebatados por essas encantadoras invasoras. Lorde St. Simon, que demonstrou por mais de 20 anos estar imune às setas do pequeno deus do amor, anunciou definitivamente seu próximo casamento com a senhorita Hatty Doran, a fascinante filha de um milionário da Califórnia. A senhorita Doran, cuja figura graciosa e cujo rosto atraente chamaram muitíssimo a atenção nas festividades de Westbury House, é filha única e dizem que seu dote será superior a seis dígitos, com mais expectativas no futuro. Como se sabe que o duque de Balmoral foi forçado a vender seus quadros nos últimos anos e como lorde St. Simon não tem nenhuma propriedade, exceto a pequena quinta de Birchmoor, é óbvio que a herdeira californiana não é a única*

a ganhar com uma aliança que lhe permitirá fazer a transição fácil e comum, nos dias atuais, de uma dama republicana para uma lady da nobreza britânica.

– Mais alguma coisa? – Holmes perguntou, bocejando.

– Sim, muita. Há também outra notícia no *Morning Post* dizendo que o casamento seria muito discreto, na igreja de St. George, na Hanover Square, que somente meia dúzia de amigos íntimos foram convidados e que o grupo retornaria para a casa mobiliada em Lancaster Gate, alugada pelo senhor Aloysius Doran. Dois dias depois, isto é, na quarta-feira passada, há o curto anúncio de que o casamento foi realizado e que a lua de mel seria na propriedade de lorde Backwater, perto de Petersfield. Todas essas notícias foram publicadas antes do desaparecimento da noiva.

– Antes do quê? – Holmes perguntou, espantado.

– De a moça desaparecer.

– Mas quando ela desapareceu?

– No almoço, logo depois do casamento.

– É mesmo? Isso está ficando bem mais interessante do que parecia. Um pouco dramático, na verdade.

– É. Achei que era um pouco fora do comum.

– É normal elas desaparecerem antes da cerimônia e às vezes durante a lua de mel, mas não me lembro de nenhum caso tão rápido como esse. Por favor, quero saber de todos os detalhes.

– Devo avisá-lo que estão muito truncados.

– Talvez possamos dar um jeito nisso.

– Os fatos conhecidos foram relatados num único artigo do jornal da manhã de ontem, que eu vou ler para você. A manchete diz o seguinte: "Ocorrência singular em casamento chique".

A família de lorde Robert St. Simon está profundamente consternada com os episódios estranhos e dolorosos que ocorreram com relação a seu casamento. A cerimônia, conforme breve anúncio publicado nos jornais de ontem, ocorreu na manhã anterior, mas somente agora foi possível confirmar os estranhos rumores que correm tão persistentemente. Apesar dos esforços de amigos para abafar o caso, a atenção do público foi tão aguçada que de nada adianta fingir e ignorar o que agora é um assunto popular de conversa.

A cerimônia, que foi realizada na igreja de St. George, na Hanover Square, foi muito simples e contou apenas com a presença do pai da noiva, senhor Aloysius Doran, a duquesa de Balmoral, lorde Backwater, lorde Eustace e lady Clara St. Simon (o irmão e a irmã mais novos do noivo) e lady Alicia Whittington. Após a cerimônia, o casal e os convidados se dirigiram à casa do senhor Aloysius Doran, em Lancaster Gate, onde seria servido o almoço. Parece que uma pequena confusão foi causada por uma mulher, cujo nome é desconhecido, que tentou forçar a entrada na casa depois da festa de núpcias, alegando que tinha uma ligação com lorde St. Simon. Foi só depois de uma cena arrastada e desagradável que ela foi expulsa pelo mordomo e pelo lacaio. A noiva, que felizmente entrou em casa antes dessa inoportuna interrupção, sentou-se à mesa com os convidados. Contudo, de repente se queixou de mal-estar e deixou a mesa, retirando-se para o quarto. Quando sua prolongada ausência começou a provocar comentários, seu pai foi ver o que acontecia e soube pela criada que ela foi rapidamente ao quarto, pegou um casaco e um chapéu e saiu às pressas. Um dos lacaios declarou que viu uma senhora sair de casa de casaco e chapéu, mas não acreditou que fosse a patroa, pois achou que ela estaria com os convidados. Quando verificou que a filha desaparecera, o senhor Aloysius Doran, junto com o noivo, comunicou-se imediatamente com a polícia. Intensas investigações estão sendo efetuadas e provavelmente logo resultarão no rápido esclarecimento desse surpreendente mistério. Até um horário avançado da noite passada, porém, nada se sabia sobre o paradeiro da moça desaparecida. Fala-se na possibilidade de um crime e há boatos de que a polícia prendeu a mulher que causara a confusão inicial, acreditando que, por ciúme ou qualquer outra razão, ela possa estar ligada ao estranho desaparecimento da noiva.

– Só isso?

– Só mais um pequeno item em outro jornal da manhã, mas que é bem sugestivo.

– E o que diz?

– Que a senhorita Flora Millar, a mulher que causou o distúrbio, foi realmente presa. Parece que ela foi dançarina no Allegro e que conhece o noivo há muitos anos. Não há mais detalhes, e agora o caso está nas suas mãos, nos termos em que foi divulgado publicamente pela imprensa.

– E parece ser um caso extremamente interessante, eu não o perderia por nada nesse mundo. Mas a campainha está tocando, Watson, e o relógio marca alguns minutos após as quatro, deve ser o nosso nobre cliente. Nem sonhe em ir embora, Watson, pois prefiro mil vezes ter uma testemunha, nem que seja só para checar a minha própria memória.

– Lorde Robert St. Simon! – anunciou o nosso criado, abrindo a porta.

Entrou um cavalheiro de rosto agradável e educado, pálido e de nariz empinado, talvez alguma petulância em torno da boca e o olhar firme e alerta de um homem cujo destino favorável sempre o acostumara a mandar e ser obedecido. Seu jeito demonstrava vivacidade, embora a aparência geral causasse a indevida impressão de mais idade, pois os ombros eram um pouco curvos e os joelhos dobravam ligeiramente ao caminhar. O cabelo, também, quando ele tirou o chapéu de abas viradas, era grisalho ao redor do rosto e ralo no topo da cabeça. Quanto às roupas, eram de um esmero que quase beirava o exagero, com colarinho alto, sobrecasaca preta, colete branco, luvas amarelas, sapatos de verniz e polainas claras. Ele avançou lentamente pela sala, virando a cabeça de um lado para o outro e balançando na mão direita o cordão que prendia o pincenê de ouro.

– Boa tarde, lorde St. Simon – disse Holmes, levantando-se e cumprimentando-o. – Por favor, sente-se na poltrona. Este é o meu amigo e colega, doutor Watson. Aproxime-se da lareira e vamos conversar.

– É um assunto muito doloroso para mim, como pode imaginar, senhor Holmes. Estou profundamente magoado. Soube que o senhor já lidou com vários assuntos delicados da mesma natureza, embora duvide que tenham sido da mesma classe social.

– Não mesmo, estou descendo de nível...

– Como assim?

– O meu último cliente em um caso da mesma natureza foi um rei.

– Ora essa! Eu não fazia a mínima ideia. Qual rei?

– O rei da Escandinávia.

– Puxa! Ele perdeu a esposa?

– O senhor há de compreender – disse Holmes com suavidade – que trato os assuntos dos meus outros clientes com a mesma discrição que prometo ao senhor.

– Claro! Está certo! Certíssimo! Tenho certeza de que vai me perdoar. Quanto ao meu caso, estou pronto para fornecer todas as informações que possam lhe ajudar a formar uma opinião.

– Obrigado. Já estou a par do que saiu nos jornais e nada mais. Presumo que a imprensa esteja correta. Este artigo, por exemplo, é sobre o desaparecimento da noiva.

Lorde St. Simon lançou os olhos no artigo.

– Sim, está correto, até onde vai.

– Mas eu preciso de muito mais suplementação antes de poder emitir uma opinião. Acho que poderei chegar aos fatos mais diretamente se lhe fizer umas perguntas.

– Por favor, prossiga.

– Onde e quando conheceu a senhorita Hatty Doran?

– Em São Francisco, há um ano.

– Estava viajando pelos Estados Unidos?

– Sim.

– Ficou noivo, então?

– Não.

– Mas fizeram amizade?

– Eu achava divertida a companhia dela e ela sabia disso.

– O pai dela é muito rico?

– Dizem que é o homem mais rico na costa do Pacífico.

– Como foi que ele ganhou dinheiro?

– Com mineração. Poucos anos atrás, ele não tinha nada. Então, encontrou ouro, fez investimentos e subiu na vida aos trancos e barrancos.

– Bem, qual a sua impressão pessoal sobre o caráter da jovem... ou melhor, da sua esposa?

O nobre balançou o pincenê nervosamente e fitou a lareira.

– Sabe, senhor Holmes, a minha esposa tinha 20 anos quando o pai ficou rico. Até então, corria livre no acampamento da mina, vagava pelos bosques e montanhas e sua educação veio mais da natureza que da sala de aula. Ela é o que na Inglaterra chamamos de uma garota traquina, com uma personalidade forte, livre e selvagem, desvinculada de qualquer espécie de tradições. É impetuosa, vulcânica até, eu diria. Toma rapidamente uma decisão e não tem medo de levar adiante o que resolveu fazer. Por outro lado, eu não teria lhe dado o nome que tenho a honra de possuir – ele tossiu discretamente – se não achasse que ela, no fundo, era uma mulher nobre. Acredito que ela seja capaz de se sacrificar heroicamente e que qualquer coisa desonesta lhe seria profundamente repugnante.

– Tem uma fotografia dela?

– Trouxe esta comigo.

Ele abriu um medalhão e mostrou-nos o rosto de uma mulher realmente adorável. Não era uma fotografia, e sim uma miniatura em marfim, e o artista conseguira transmitir plenamente o efeito do cabelo preto lustroso, os grandes olhos escuros e a boca encantadora. Holmes contemplou-a por um longo tempo, com ar de seriedade. Depois fechou o medalhão e devolveu-o ao lorde St. Simon.

– A moça veio a Londres, então, e vocês se reencontraram?

– Sim, o pai a trouxe para participar da última temporada social em Londres. Encontrei-a várias vezes, fiquei noivo dela e agora me casei.

– O dote que veio com ela, acredito, foi considerável?

– Foi um dote moderado, não mais do que é comum na minha família.

– E esse dote, é claro, fica com o senhor, já que o casamento é um *fait accompli*?

– Na verdade, ainda não me inteirei sobre esse assunto.

– Evidentemente que não. O senhor viu a senhorita Doran na véspera do casamento?

– Sim.

– Ela estava bem-humorada?

– Melhor do que nunca. Ficou falando sobre o que deveríamos fazer no futuro.

– É mesmo? Isso é muito interessante. E na manhã do dia do casamento?

– Estava tão animada quanto possível, isto é, pelo menos até o fim da cerimônia.

– Você notou alguma mudança nela, então?

– Bem, para falar a verdade, foi a partir daí que eu notei os primeiros sinais, nunca antes vistos, de que o temperamento dela era um pouco forte. Mas foi um incidente trivial demais para ter alguma relação, e não é possível que tenha algo a ver com o caso.

– Por favor, gostaria que nos contasse mesmo assim.

– Olhe, é algo bem infantil. Ela deixou cair o buquê de noiva quando fomos para a sacristia. Estávamos passando pelo banco da frente quando o buquê caiu nele. Demorou um instante, mas o cavalheiro que estava sentado no banco entregou-lhe o buquê, que não pareceu danificado pela queda. Mas quando falei sobre o assunto, ela me respondeu de maneira ríspida. E na carruagem, a caminho de casa, ela parecia estar absurdamente agitada por causa desse incidente insignificante.

– Verdade? Você disse que havia um cavalheiro no banco. Então, estavam presentes também pessoas do público em geral?

– Ali, sim. É impossível excluí-las quando a igreja está aberta.

– Esse cavalheiro não era nenhum amigo da sua esposa?

– Não, não. Chamei-o de cavalheiro por mera cortesia, pois era uma pessoa bem comum. Quase não reparei nele. Mas eu realmente acho que estamos nos desviando do assunto.

– Então, lady St. Simon voltou do casamento num estado de espírito menos alegre do que na ida. O que ela fez quando retornou à casa do pai?

– Eu a vi conversando com a criada.

– E quem é essa criada?

– O nome dela é Alice. É americana e veio da Califórnia junto com ela.

– É uma criada de confiança?

– Sim, até demais, pois me parecia que a patroa lhe permitia tomar muitas liberdades. Mas, é claro, na América essas coisas são muito diferentes.

– Quanto tempo ela ficou falando com essa Alice?

– Bem, alguns minutos. Não prestei atenção, tinha outras coisas para pensar.

– Por acaso não ouviu o que elas falavam?

– Lady St. Simon disse alguma coisa a respeito de "tomar posse da mina". Ela estava acostumada a usar gírias desse tipo. Não tenho a menor ideia do que queria dizer.

– Às vezes, a gíria americana é muito expressiva. E o que fez sua esposa quando acabou de falar com a criada?

– Foi para a sala do almoço.

– Em sua companhia?

– Não, sozinha. Ela era muito independente nessas pequenas coisas. Então, depois de ficarmos sentados uns dez minutos, ela se levantou de repente, murmurou alguma desculpa e saiu da sala. E não voltou mais.

– Mas essa criada, Alice, pelo que entendi, declarou que ela foi ao quarto, cobriu o vestido de noiva com um longo casaco, colocou um chapéu e saiu.

– Exatamente. E depois foi vista andando no Hyde Park em companhia de Flora Millar, uma mulher que agora está presa e que havia criado uma confusão na casa do senhor Doran naquela manhã.

– Ah, sim! Gostaria de ter mais detalhes sobre essa moça e suas relações com ela.

Lorde St. Simon deu de ombros e carregou o sobrolho.

– Fomos amigos há muitos anos e devo dizer que foi uma amizade muito íntima. Ela costumava dançar no Allegro. Fui bastante generoso e ela não tem razão de reclamar. Mas o senhor sabe como são as mulheres, senhor Holmes. Flora era uma pessoa encantadora, mas excessivamente cabeça quente. Dedicava-se muito a mim. Escreveu cartas horrorosas quando soube que eu ia me casar e, para dizer a verdade, a razão para uma celebração de casamento tão discreta foi porque eu temia que ocorresse um escândalo na igreja. Ela foi até a porta do senhor Doran logo que chegamos da igreja e tentou forçar a entrada, proferindo palavras muito abusivas para a minha esposa e chegando até a ameaçá-la, mas eu havia previsto a possibilidade de acontecer algo assim e tinha dentro de casa dois policiais à paisana, que logo conseguiram mandá-la embora. Ela se acalmou quando viu que não adiantava fazer escândalo.

– A sua esposa ouviu isso?

– Não, graças a Deus ela não ouviu.

– E foi vista andando com essa mesma mulher depois?

– Sim. E é isso que o senhor Lestrade, da Scotland Yard, considera muito grave. Ele acha que Flora atraiu minha esposa e armou alguma cilada terrível para ela.

– Bem, é uma suposição possível.

– O senhor concorda?

– Não, eu não disse que era provável. Mas e o senhor, não considera isso plausível?

– Acho que Flora não machucaria uma mosca.

– Ainda assim, o ciúme é um estranho agente transformador de pessoas. Por favor, qual é sua própria teoria quanto ao que ocorreu?

– Bem, na verdade vim aqui em busca de uma teoria, e não para propor uma. Eu já lhe dei todos os fatos. Já que perguntou, entretanto, posso dizer que me ocorreu a possibilidade de que toda essa agitação e a consciência de que havia dado um gigantesco passo social, tiveram por efeito causar algum distúrbio nervoso na minha esposa.

– Em resumo, quer dizer que de repente ela ficou desequilibrada?

– Bem, na verdade, quando considero que ela deu as costas, não vou dizer a mim, mas a tudo aquilo que tantas pessoas aspiram em vão, não posso explicar os acontecimentos de nenhuma outra maneira.

– Bem, certamente que essa também é uma hipótese concebível – disse Holmes, sorrindo. – E agora, lorde St. Simon, acho que já tenho quase todos os dados de que necessito. Posso lhe perguntar se vocês estavam sentados à mesa de forma que ela pudesse enxergar para fora da janela?

– Podíamos ver o outro lado da rua e o parque.

– Muito bem. Creio que não é preciso retê-lo por mais tempo. Entrarei em contato com o senhor.

– Tomara que você consiga resolver esse problema – disse o nosso cliente, erguendo-se.

– Já resolvi.

– Hein? O que disse?

– Disse que já resolvi.

– Então, onde está minha esposa?

– Esse é um detalhe que eu lhe revelarei muito em breve.

Lorde St. Simon sacudiu a cabeça.

– Receio que serão necessárias cabeças mais sábias do que a sua e a minha – ele observou e, curvando-se num cumprimento cerimonioso, mas fora de moda, retirou-se.

– É muita bondade de lorde St. Simon me conceder a honra de colocar a minha cabeça no mesmo nível da dele – disse

Sherlock Holmes, rindo. – Acho que vou tomar um uísque com soda e fumar um charuto depois desse minucioso questionamento. Mas eu já havia tirado as minhas conclusões sobre esse caso antes de nosso cliente entrar nesta sala.

– Meu caro Holmes!

– Tenho anotações sobre vários casos semelhantes, embora nenhum, como já observei, fosse tão rápido. Todo esse exame serviu para transformar a minha hipótese em certeza. Provas circunstanciais, às vezes, são muito convincentes, como quando você encontra uma truta no leite, para citar o exemplo de Thoreau.

– Mas eu ouvi tudo que você ouviu.

– Sem ter, no entanto, o conhecimento de casos anteriores que tanto me ajuda. Houve uma ocorrência paralela em Aberdeen alguns anos atrás e algo quase nos mesmos moldes em Munique um ano depois da guerra franco-prussiana. É um caso parecido. Mas veja só quem está aqui. Olá, Lestrade! Boa tarde, Lestrade! Você encontrará um copo no aparador e charutos naquela caixa.

O detetive policial vestia uma jaqueta grossa e uma gravata que lhe davam uma aparência náutica. Ele também carregava uma sacola de lona preta. Com um ligeiro cumprimento de cabeça, sentou-se e acendeu o charuto que lhe fora oferecido.

– O que está acontecendo? – perguntou Holmes com os olhos brilhando. – Você não parece muito satisfeito.

– E não estou. É esse caso infernal do casamento do St. Simon. Não tem pé nem cabeça.

– Verdade? Você me surpreende.

– Quem já ouviu uma história tão confusa? Todos os indícios escapam por entre os meus dedos. Trabalhei nisso o dia todo.

– E parece que se molhou muito – disse Holmes, pondo a mão na manga da jaqueta.

– É, estivemos dragando o rio Serpentine.

– Meu Deus do céu, por quê?

– Em busca do corpo de lady St. Simon.

Sherlock Holmes recostou-se na poltrona e soltou uma gargalhada.

– Dragaram também a bacia do chafariz da Trafalgar Square? – ele perguntou, ainda rindo.

– Por quê? O que você quer dizer com isso?

– Porque você tem a mesma chance de encontrar essa moça tanto num lugar quanto no outro.

Lestrade lançou um olhar zangado ao meu companheiro.

– Suponho que você já sabe de tudo – ele resmungou.

– Bem, acabei de ouvir a história, mas já cheguei a uma conclusão.

– Ah, é mesmo? Então, acha que o rio não tem nada a ver com o assunto?

– Acho bem pouco provável.

– Então talvez possa ter a bondade de explicar como é que encontramos isto no rio? – Ele abriu a sacola enquanto falava e jogou no chão um vestido de noiva de seda brilhante, um par de sapatos de cetim branco, véu e grinalda de noiva, tudo desbotado e encharcado. – Veja só – ele disse, colocando uma aliança de casamento nova em cima da pilha. – Aí está um pequeno quebra-cabeça para você montar, senhor Holmes.

– Ah, de fato! – reconheceu o meu amigo, soprando anéis de fumaça no ar. – Tirou isso tudo do rio Serpentine?

– Não. Foi tudo encontrado boiando perto da margem por um guarda-florestal. As roupas foram identificadas como sendo dela e me pareceu que, se as roupas estavam lá, o corpo não poderia estar longe.

– Seguindo o seu brilhante raciocínio, o corpo de qualquer pessoa deve ser achado perto de seu guarda-roupa. Mas, por favor, diga-me aonde pretende chegar com isso?

– A algum indício que ligue Flora Millar ao desaparecimento da moça.

– Receio que seja um pouco difícil.

– Acha mesmo? – exclamou Lestrade, um tanto ríspido. – E eu receio, senhor Holmes, que você não seja muito prático em suas deduções e hipóteses. Já cometeu dois erros em dois minutos. Esse vestido compromete a senhorita Flora Millar.

– Como?

– O vestido tem um bolso. No bolso, havia uma carteira e, nessa carteira, um bilhete. E aqui está o bilhete. – Ele atirou o papel na mesa diante de si. – Ouça isto: "Você me verá quando tudo estiver pronto. Me encontre imediatamente depois. F.H.W". A minha teoria, desde o início, sempre foi de que *lady* St. Simon caiu numa armadilha de Flora Millar e que esta, certamente com cúmplices, é a responsável por seu desaparecimento. Aqui, assinado com suas iniciais, está o bilhete que, sem dúvida, foi entregue sorrateiramente para ela à porta da casa e que a atraiu para perto deles.

– Muito bem, Lestrade – disse Holmes, rindo. – Você realmente está indo muito bem. Deixe-me ver.

Holmes pegou o papel desinteressado, mas imediatamente ficou alerta, então exclamou satisfeito:

– Isso é mesmo importante!

– Ah! Acha mesmo?

– Extremamente! Você está de parabéns!

Lestrade se levantou triunfante e inclinou a cabeça para olhar.

– Mas que coisa! – ele exclamou. – Você está olhando no lado errado.

– Ao contrário, este é o lado certo.

– O lado certo? Está maluco! Aqui está o bilhete escrito a lápis, deste lado.

– E aqui deste lado é o que parece ser um pedaço de uma conta de hotel, que me interessa profundamente.

– Não há nada de interessante nisso. Já olhei antes – disse Lestrade. – Dia 4 de outubro, uma suíte 8 xelins, um café da manhã 2,6 xelins, um coquetel 1 xelim, um almoço 2,6 xelins, um copo de xerez 0,8 xelim. Não vejo nada de mais.

– Muito provavelmente não é nada de mais. Ainda assim, é muito importante. Quanto ao bilhete, também é importante ou, pelo menos, as iniciais são. Portanto, parabéns novamente.

– Já perdi tempo demais – disse Lestrade, em pé. – Acredito em trabalho duro e não em ficar sentado na frente da lareira elaborando belas teorias. Uma boa tarde para você, senhor Holmes, e vamos ver qual de nós resolve o assunto primeiro.

Ele pegou as roupas, guardou-as na sacola e foi em direção à porta.

– Só uma dica, Lestrade – Holmes avisou falando pausadamente antes que seu rival sumisse. – Eu vou lhe contar a real solução do problema. Essa lady St. Simon é um mito. Não existe e nunca existiu essa pessoa.

Lestrade olhou para o meu companheiro sentindo pena. Então, virou-se para mim, bateu na testa três vezes, sacudiu a cabeça solenemente e saiu apressado.

Mal fechou a porta atrás de si e Holmes já havia se levantado e vestido o sobretudo.

– Ele tem alguma razão quando fala de trabalhar fora de casa – ele comentou. – Eu acho, Watson, que vou deixar você sossegado com os seus jornais por um algum tempo.

Passava das cinco horas da tarde quando Sherlock Holmes saiu, mas não tive tempo de me sentir só, pois dentro de uma hora chegou um entregador de uma confeitaria com uma enorme caixa achatada. Ele a abriu com a ajuda de um rapaz que viera junto e, para minha grande surpresa, uma ceia gastronômica começou a ser arrumada na modesta mesa de mogno do nosso alojamento. Um par de galinhas-d'angola, um faisão, uma torta de patê de *foie gras*, com um lote de garrafas envelhecidas e empoeiradas. Após arrumar essas guloseimas, os dois visitantes sumiram, como gênios das Mil e Uma Noites, sem qualquer explicação, exceto quando disseram que tudo estava pago e que a ceia tinha sido encomendada para ser entregue nesse endereço.

Pouco antes de nove horas, Sherlock Holmes entrou animado na sala. Ele estava sério, mas seus olhos brilhavam, o que me fez pensar que não tinha ficado desapontado com suas conclusões.

– Trouxeram a ceia – ele comentou, esfregando as mãos.

– Parece que você está esperando visitas. Puseram a mesa para cinco pessoas.

– Sim, acho que vamos ter companhia – ele disse. – Estou surpreso que lorde St. Simon não tenha chegado ainda. Ah! Acho que estou ouvindo seus passos na escada.

Era realmente o nosso visitante da manhã que chegava esbaforido, balançando o cordão do *pincenê* mais vigorosamente que nunca e com um ar muito perturbado em suas feições aristocráticas.

– O meu mensageiro o encontrou, então? – perguntou Holmes.

– Sim, e devo confessar que o conteúdo da mensagem muito me espantou. Você tem autoridade para afirmar o que diz?

– A melhor possível.

Lorde St. Simon desabou numa cadeira e passou a mão na testa.

– O que dirá o duque – ele murmurou – quando souber que um membro da família sofreu tal humilhação?

– Foi mero acidente. Não concordo que tenha havido alguma humilhação.

– Ah! Você vê essas coisas de outro ponto de vista.

– Não consegui saber se alguém é culpado. Não posso imaginar como a moça poderia ter agido de outra forma, embora seja lastimável que tenha usado métodos tão radicais. Mas, como ela não tem mãe, não havia ninguém para aconselhá-la nessa crise.

– Foi um vexame, senhor, um vexame público – disse St. Simon, tamborilando com os dedos na mesa.

– Você deve ser tolerante com essa pobre moça, colocada numa situação tão difícil.

– Não serei tolerante. Estou mesmo muito zangado e fui vergonhosamente usado.

– Acho que ouvi a campainha – disse Holmes. – É, ouço passos na entrada. Se não posso persuadi-lo a ser leniente quanto a esse assunto, lorde St. Simon, trouxe aqui um defensor que talvez seja mais bem-sucedido.

Ele abriu a porta e fez entrar uma dama e um cavalheiro.

– Lorde St. Simon – Holmes disse –, permita-me apresentar-lhe o senhor e a senhora Francis Hay Moulton. A senhora, eu acho, você já conhece.

Ao ver os recém-chegados, o nosso cliente saltou da cadeira, todo empertigado, com os olhos baixos e uma das mãos enfiadas na sobrecasaca, na altura do peito, como o verdadeiro retrato da dignidade ofendida. A senhora deu um passo em direção a ele e estendeu a mão, mas ele manteve os olhos baixos. Talvez essa tenha sido a melhor decisão, pois o rosto suplicante dela era difícil de resistir.

– Você está zangado, Robert – ela disse. – Bem, acho que com total razão.

– Por favor, não se desculpe comigo – disse lorde St. Simon amargurado.

– Ah! Sim, sei que o tratei muito mal e devia ter falado com você antes de partir. Mas eu estava muito perturbada e, desde o momento que vi Frank aqui, não sabia mais o que fazia ou dizia. Foi um milagre eu não ter caído desmaiada no chão lá mesmo na frente do altar.

– Talvez prefira, senhora Moulton, que o meu amigo e eu nos retiremos da sala enquanto explica tudo?

– Se eu puder manifestar a minha opinião – disse o cavalheiro desconhecido –, já existem segredos demais nessa história. Da minha parte, eu gostaria que toda a Europa e a América ouvissem tudo.

Era um homem pequeno, forte, queimado de sol, de barba feita, aparência viva e inteligente.

– Então, contarei a nossa história agora mesmo – disse a moça. – Este aqui é o Frank e nos conhecemos em 1881, no acampamento da mina de McQuire, perto das Montanhas Rochosas, onde papai era posseiro e trabalhava numas terras de mineração. Frank e eu ficamos noivos, mas um dia papai encontrou um veio de ouro muito bom e ficou rico, enquanto o pobre Frank aqui presente tinha uma concessão que não deu em nada. Quanto mais rico papai ficava, mais pobre ficava o Frank. Finalmente papai não quis mais ouvir falar do nosso noivado e me levou embora para São Francisco. Mas Frank não desistiu e me seguiu até lá. Nós nos víamos sem papai saber de nada. Ele ficaria muito zangado se soubesse, então planejamos tudo escondido dele. Frank disse que iria embora para fazer sua fortuna e não voltaria para me buscar enquanto não tivesse tanto dinheiro quanto papai. Prometi que esperaria por ele para sempre e que não me casaria com mais ninguém enquanto ele vivesse. "Então, por que não nos casamos agora mesmo?", ele disse, "daí, terei certeza do seu amor. E não direi que sou seu marido enquanto não voltar para buscá-la." Bem, conversamos um pouco e ele tinha arranjado tudo tão perfeitamente, com o sacerdote pronto, à espera, que nos casamos ali mesmo. Assim, Frank foi embora em busca da fortuna e eu voltei para papai.

"A notícia seguinte que tive foi de que Frank estava em Montana, depois foi trabalhar em minas no Arizona; em seguida, tive notícias dele no Novo México. Passado tudo isso, veio uma longa reportagem no jornal sobre um acampamento de mineiros que havia sido atacado pelos Apaches e o nome do Frank estava na lista dos mortos. Desmaiei quando li aquilo e fiquei muito doente durante meses. Papai achou que eu tinha alguma doença rara e me levou a todos os médicos de São Francisco. Sempre duvidei de que ele realmente estivesse morto, apesar de não ter tido mais notícias de Frank. Então, lorde St. Simon foi a São Francisco e nós viemos para Londres, onde este casamento foi arranjado e papai ficou muito contente, mas eu sentia todo o tempo que nenhum homem neste mundo poderia tomar o lugar do meu pobre Frank em meu coração.

"Mesmo assim, se eu me casasse com lorde St. Simon, claro que teria cumprido o meu dever com ele. Não podemos controlar o nosso amor, mas os nossos atos, sim. Fui até o altar com ele decidida a ser a melhor esposa possível. Mas podem imaginar o que senti quando entrei na igreja e vi Frank olhando para mim no primeiro banco. Achei que era um fantasma, mas quando olhei de novo, ele ainda estava lá, com uma espécie de indagação nos olhos, como se estivesse me perguntando se eu estava contente ou triste em vê-lo. Foi um milagre eu não ter desmaiado. Só sei que tudo estava girando, as palavras do sacerdote eram como um zumbido de abelha em meus ouvidos. Não sabia o que fazer. Deveria interromper a cerimônia e fazer uma cena na igreja? Olhei novamente e ele parecia entender o que eu estava pensando, pois ergueu um dedo aos lábios fazendo sinal de silêncio. Depois, vi que rabiscava num pedaço de papel. Sabia que ele estava escrevendo para mim. Na saída, quando passei pelo banco onde ele estava, deixei cair o meu buquê e ele colocou o bilhete na minha mão ao devolver as flores. Era uma linha só, pedindo que nos encontrássemos quando ele me avisasse. Claro que nunca duvidei por um instante de que o meu primeiro dever era para com ele, e decidi fazer exatamente o que ele mandasse.

"Quando voltei pra casa, contei à minha criada, que o conhecera na Califórnia e sempre gostara muito dele. Mandei que ela não dissesse nada a ninguém, mas que arrumasse umas roupas e deixasse o meu casaco e o chapéu à mão. Sei que devia ter falado com lorde St. Simon, mas era extremamente difícil na frente de sua mãe e de todos os ilustres convidados. Resolvi fugir e contar tudo depois. Não fiquei sentada nem dez minutos à mesa quando vi Frank pela janela, do outro lado da rua. Ele fez um sinal para mim e começou a andar em direção ao parque. Fui até o quarto, vesti o casaco e fui atrás dele. Uma mulher me seguiu, falando qualquer coisa sobre lorde St. Simon (parece, pelo pouco que ouvi, que ele também tinha um segredo antes do casamento), mas consegui me livrar dela e logo alcancei Frank. Pegamos uma carruagem de aluguel juntos e fomos para um quarto que ele alugara em Gordon Square, e esse foi o meu verdadeiro casamento depois de tantos anos de espera. Frank tinha sido prisioneiro dos Apaches, mas escapou. Foi para São Francisco, onde descobriu que eu o considerava morto e que tinha ido para a Inglaterra. Então, ele me seguiu até aqui e me encontrou na manhã do meu segundo casamento."

– Vi no jornal – explicou o americano. – Constava o nome dela e a igreja, mas não dizia onde ela morava.

– Conversamos sobre o que deveríamos fazer, e Frank era a favor de contar tudo, mas eu estava tão envergonhada que só queria desaparecer e nunca mais ver nenhuma daquelas pessoas, só mandaria umas linhas a papai para dizer que estava viva. Para mim era horrível pensar em todos aqueles lordes e ladies sentados em volta da mesa de almoço, esperando que eu voltasse. Então, Frank pegou o meu vestido e as coisas do casamento, fez um pacote e, para que não servisse de pista, jogou em algum lugar onde ninguém encontraria. Provavelmente amanhã estaríamos a caminho de Paris, mas este cavalheiro, o senhor Holmes, veio nos procurar hoje à tarde, embora eu não consiga imaginar como nos encontrou. Ele me mostrou claramente, com muita bondade, que eu estava errada, que o Frank tinha razão e que deveríamos contar toda a verdade. Ofereceu-nos a oportunidade de falar com lorde St. Simon a sós, e assim viemos aos seus aposentos imediatamente. Agora que você sabe de toda a história, Robert, eu sinto muito se o magoei, mas espero que não fique muito sentido comigo.

Lorde St. Simon não relaxou sua atitude rígida de modo algum, mas ouviu com a testa franzida e os lábios comprimidos toda essa longa narrativa.

– Perdoe-me – ele disse –, mas não é meu costume discutir assuntos tão particulares em público.

– Então, não vai me perdoar? Não vai apertar a minha mão antes que eu vá embora?

– Ora, certamente, se isso lhe agrada.

Ele apertou friamente a mão que ela lhe estendeu.

– Gostaria – Holmes convidou – que você nos acompanhassem amigavelmente nesta ceia.

– Acho que está pedindo demais – respondeu o nobre. – Posso ser forçado a aceitar esses recentes acontecimentos, mas não devem esperar que os celebre. Acho que, com sua permissão, vou desejar uma boa-noite a todos.

Incluiu todo mundo no mesmo cumprimento de cabeça e saiu da sala.

– Espero que ao menos o casal me honre com sua companhia – disse Sherlock Holmes. – É sempre um prazer conhecer um americano, senhor Moulton, pois sou uma pessoa que acredita que a loucura de um monarca e a idiotice de um ministro em anos passados não evitará que algum dia os nossos filhos sejam cidadãos do mesmo país, sob uma única bandeira combinando a *Union Jack* inglesa com a *Stars and Stripes* americana.

– Esse caso foi bem interessante – Holmes comentou depois que os visitantes foram embora. – Serve para demonstrar claramente como a explicação de um mistério pode ser muito simples, mesmo quando de início pareça inexplicável. Nada podia ser mais inexplicável. Nada podia ser mais natural do que a sequência de acontecimentos conforme narrada por essa senhora, e nada mais estranho que o resultado quando visto, por exemplo, pelo senhor Lestrade da Scotland Yard.

– Então, você não estava errado?

– Desde o princípio, dois fatos se tornaram bem óbvios para mim. Um, é que a moça estava disposta a se submeter à cerimônia de casamento, e o outro, que ela se arrependeu disso poucos minutos depois de voltar para casa. Obviamente que alguma coisa tinha acontecido durante a manhã para fazê-la mudar de ideia. Mas o que poderia ter sido? Ela não poderia ter falado com ninguém quando estava fora, por causa da companhia do noivo. Então, teria visto alguém? Se tivesse visto, seria alguém da América, pois ela tinha passado tão pouco tempo neste país que dificilmente teria permitido que alguém adquirisse uma importância tão grande que bastava vê-lo para mudar seus planos por completo. Veja que já chegamos, por um processo de exclusão, à ideia de que ela devia ter visto um americano. Então, quem poderia ser esse americano? E por que teria tanta influência sobre ela? Poderia ser um amante, poderia ser um marido. A juventude dela, eu sabia, havia sido passada em cenários rudes e sob condições estranhas. Eu já havia chegado a esse ponto antes de ouvir a narrativa de lorde St. Simon. Quando ele nos contou sobre o homem no banco na igreja, da mudança no estado de espírito da noiva, da maneira tão evidente de conseguir passar um bilhete ao deixar cair o buquê, da conversa com a criada confidente e a alusão muito significativa à posse da mina, que no linguajar dos mineiros quer dizer tomar posse daquilo a que outra pessoa já tem direito, a situação ficou absolutamente clara. Ela fugira com um homem, esse homem era um amante ou um marido anterior... e as probabilidades eram a favor dessa última hipótese.

– E como foi que os encontrou?

– Poderia ter sido difícil, mas o nosso amigo Lestrade tinha essa informação nas mãos e não lhe deu valor. As iniciais eram, claro, de grande importância, porém mais valiosa ainda era a informação de que nessa semana ele pagara a conta em um dos hotéis mais exclusivos de Londres.

– Como sabia que era exclusivo?

– Pelos preços exclusivos. Oito xelins por um quarto e quase um xelim por um copo de xerez mostravam que se tratava de um dos hotéis mais caros, pois não há muitos em Londres que cobram esses preços. No segundo deles que visitei na Avenida Northumberland, notei pelo registro que Francis H. Moulton, um cavalheiro americano, saíra no dia anterior, e vendo os itens de sua conta encontrei exatamente os mesmos valores que constava da duplicata da conta. A correspondência era para ser enviada ao número 226 da Gordon Square, por isso fui para lá e tive a sorte de encontrar o casal apaixonado em casa. Arrisquei dar-lhes uns conselhos paternais e a lhes mostrar que seria melhor, para todos os envolvidos, que eles esclarecessem sua posição ao público em geral e ao lorde St. Simon em particular. Convidei-os a se encontrarem com ele aqui e, como viu, obriguei-o a comparecer.

– Mas sem resultado nenhum – comentei. – A atitude dele não foi nada elegante.

– Ah, meu caro Watson! – disse Holmes, sorrindo. – Talvez você também não fosse nada elegante se, depois de todo o trabalho de fazer a corte e se casar, no mesmo lance perdesse a esposa e uma fortuna. Acho que devemos julgar lorde St. Simon com muita compaixão e agradecer aos céus para que jamais nos encontremos na mesma situação. Pegue o meu violino e puxe a sua cadeira para perto, pois o nosso único problema agora é como passar o tempo nestas enfadonhas noites de outono!